Barthle B. Boss

Ein XXX mit Gazelle

zagt im Regen nie

AF235755

Bibliografische Information der Deutschen National-bibliothek:
Die Deutsche Nationalbibliothek verzeichnet diese Publikation in der Deutschen Nationalbibliografie; detaillierte bibliografische Daten sind im Internet über http://dnb.dnb.de abrufbar.

© 2020 Barthle B. Boss

Cover und Illustration: DigitalDreamweaver

Herstellung und Verlag: BoD – Books on Demand, Norderstedt
ISBN: 9783756829309

Inhaltsverzeichnis

Schädlingsbekämpfung

Gartenbesitzer kennen das Problem. Mutter Natur ist gnadenlos beim Erfinden von Lebensformen, die unser Leben durchaus spannend gestalten…vor allem durch Ärger in Form von fiesen Geräuschen, Bissen und dem Zerstören liebevoll gepflanzter Nützlinge. Das kleine Gartenparadies „Boss" lag direkt neben einem Naturschutzgebiet, das durch eine Hochgeschwindigkeitstrasse der Bundesbahn und den chemischen Gaben zur Befreiung der Gleise von lästigen Pflanzen bereichert wurde. Entsprechen floh alles, was so kreuchte und fleuchte, aus dem Bereich von Monsantos giftigen Gaben für Mutter Natur und fand ein neues Heim in den angrenzenden Parzellen der Gartenvereine. Die Fauna war dank ihrer Mobilität klar im Vorteil. Die Flora hingegen hatte Pech gehabt. Keine Beine…keine Fluchtmöglichkeit.

Das südliche Areal war neben meinen heißgeliebten Erd- und Brombeeren zur Heimat eines äußerst widerstandsfähigen Bremsengeschwaders geworden. Auch Schnaken und Mücken mochten die Gegend sehr und starteten Schwarmattacken von ihren schattigen Plätzchen unterhalb der Brombeerblätter. Nach einer Stunde emsigen Unkrautzupfens hatte ich den Stadtplan von Langeoog in Blindenschrift auf dem Rücken.

Die Wespen in den Weintrauben verteidigten Ihr Areal auf die bekannte Art und Weise. Sie pieksten jeden erntewilligen Obstliebhaber erfolgreich in die Flucht. Unter dem Buschwerk lauerten Zecken. Dann gab es noch die Schneckenplage, die jedem Salat den Garaus machte und den dauerblökenden Gartennachbarn mit seinem Aufmerksamkeitsdefizit. Ebenso lästig waren die Wühlmäuse und das Maulwurfsvölkchen, deren

Hügel in gewisser Hinsicht zumindest nostalgische Sportplatzerinnerungen in mir auslösten. Der GAU waren Wildschweine, die festgestellt hatten, dass es sich in den Gärten trefflich Kartoffeln, Rüben und Obst ernten ließ.

Alles, was Familie Boss dem lehmigen Boden des ehemaligen Sumpfgebietes abtrotzen konnte, hatte dank der lieben vielbeinigen Migranten des angrenzenden Ökotops keine wirkliche Chance.

Die Wühlmausplage hatte innerhalb kürzester Zeit allen Knollen ein Ende bereitet und entlang der Gartengrenzen ein unterirdisches Labyrinth erschaffen, das mir Respekt abnötigte. Mein Versuch, den fiesen kleinen Pelzviehchern mit dem Wasserschlauch beizukommen, bewirkte nichts. Wahrscheinlich empfanden sie den Luxus von fließendem Wasser in ihren Wohnanlagen sogar als Bereicherung.

Als ich nach einem harten Gartennachmittag bei Mördertemperaturen mit meinen neuen Mückenstichen, diversen Bremsenbissen und zwei Zecken wieder zuhause angelangt war, überlegte ich, das Handtuch zu schmeißen und mich des Gartens zu entledigen. Aber so schnell gibt ein Boss nicht auf.

Ich schnappte mir eine große Apfelsaftschorle (gekauft) und chillte vor dem PC. Vielleicht ließ sich ja etwas finden? Lästig war die Mücke, die mich in der zwielichtigen Abendstunde immer wieder anflog und sich partout nicht plattklatschen lassen wollte. So litt ich fluchend vor mich hin, wann immer ich das „Siiiiiiit" vernahm und entwickelte die übliche Pieksinsekten-Paranoia. Überall hörte ich das verfluchte Geräusch und mutmaßte blutsaugende Gefahr. Stöhnend öffnete ich Facebook und entwickelte spontan auch noch Magenschmerzen. Claudia Roth grinste mich frisch, fromm, fröhlich und feist an.

Ich erinnerte mich. Das Antlitz der grünlichen Warzenprinzessin hatte dereinst sogar meine Hundis die Flucht ergreifen lassen. Ich vergrößerte das Bild und hörte ab da tatsächlich nichts mehr. Die große Blutsaugerin hatte anscheinend die kleine, geflügelte Konkurrenz in die Flucht geschlagen. Also vergrößerte ich das Bild des Schreckens und druckte 10 Exemplare in Farbe und bunt aus. Ein Feldversuch ergab, dass der Garten, seit ich die Bilder dort aufgestellt habe, als bremsen- und mückenfrei gilt. Höglportraits wirken phantastisch gegen Schnecken und seit ich ein paar Bilder der Kanzlerin verbuddelt habe, sind auch die Wühlmäuse Geschichte. Nur mit den Wildschweinen habe ich mich einige Wochen schwergetan. Die Biester waren sogar resistent gegen Özdemir, Hofreiter, Gysi und Maas. Doch dann fuhr ich schwerste Geschütze auf und versuchte es mit Gabriel und Altmaier in Kombination. DAS hielt auch die allerdickste Wutz nicht mehr aus.

Mein Stern steigt kometenhaft und ich bin der Rising-Star in der aktuellen Kleingartenpostille. Ich habe umgesattelt und widme mich ausschließlich der biologischen Schädlingsbekämpfung sowie der Beratung. Leider verweigern sich jetzt die Nützlinge wie Bienen und Schmetterlinge. Wir haben ein Bestäubungsproblem. Im Bereich der vergrabenen Merkel-Bilder kommt es bei den Gehölzen zur Wurzelfäule. Die neue Generation von schnell verrottenden Schreckensbildern scheint das Problem aber in den Griff zu bekommen. Apropos...bei Özdemir-Bildern wächst Hanf hervorragend. Ich wollte es nur mal erwähnt haben und wünsche allen ein „Gut Grün". Euer Boss.

Hessen im Erdo-Wahn

Man kann über die Hessen sagen, was man will: Sie haben Stil. Ich mag hessische Spezialitäten wie die gute, alte Ahle Worscht, leimigen, stinkenden Handkäs, den allseits beliebten Apfelwein und kann auch dem hessischen Akzent einiges abgewinnen.

Alljährlich im Herbst muss ich dringend nach Hessen. Es ist eine Verpflichtung.

Auch dieses Jahr stand die alljährliche Äppelwoi-Party im Hause des Herrschers des Königreichs Oberhessen unter der Regentschaft seiner Majestät König Matthes I. an. Ich reiste also zügig mit der Bahn ins Hessen-Ländle, verließ das schmuddelige Vehikel des „Unternehmen Untergang" im mittlerweile multinationalen Gießen, wo ich mich von der Staatskarosse seiner Majestät abholen und in seine Ländereien expedieren ließ.

Nach einer herzlichen Umarmung unter alten Waffenbrüdern war es an der Zeit für den ersten Schoppen. Dabei fiel mein Blick auf eine herumliegende Zeitung. Ich stutzte, inspizierte das Blatt genauer und gönnte mir einen spontanen Lachflash mit anschließendem Zwerchfellorgasmus.

„Alles in Ordnung?" erkundigte sich Freund Matthes.

„Hast Du schon die Zeitung gelesen?" keuchte ich und wischte mir die Freudentränen aus den Augen.

„Ne. Sollte ich?" kam die Antwort.

„Ja. Solltest Du." Ich drückte sie ihm in die Hand. Und dann entwickelte auch er spontan heftige Heiterkeit. Es dauerte einige Zeit, bis der fast hysterische Frohsinn wieder abgeebbt war. Der Auslöser der Heiterkeit stand in Wiesbaden in Form einer güldenen, vier Meter großen Erdogan-Statue, die mit dem stol-

9

zen Blick des Despoten ihren rechten Arm wie weiland die Altvorderen gen Himmel reckte.

28.08.2018 - 14:18 Uhr (WAZ):

Eine vier Meter große Erdogan-Figur ist in Wiesbaden aufgestellt worden. Sie sorgt für reichlich Wirbel. Ausgerechnet auf dem Platz der Deutschen Einheit wurde die Figur, die ihren Zeigefinger ermahnend in die Höhe streckt, in der Nacht zu Dienstag aufgestellt.

Verantwortlich für die Aktion ist das Kunstfestival „Wiesbaden Biennale", das sich das Motto „Bad News" gesetzt hat und bewusst provozieren will. Und das gelingt offenbar: Die Statue ist bereits beschmiert worden. Ausdrücke wie „türkischer Hitler" und andere Beleidigungen sind darauf gekritzelt worden.

Die Stadt Wiesbaden genehmigte die Aktion.

Auch in den sozialen Netzwerken werden Fotos von dem 2,5 Tonnen schweren Erdogan-Abbild zum Teil wütend kommentiert. „Was für ein Schwachsinn", heißt es da unter anderem.

Ist es erlaubt, einfach so eine Statue aufzustellen? Bei der Polizei verweist man darauf, dass das eine Angelegenheit der Stadt Wiesbaden sei, wie ein Sprecher auf Anfrage unserer Redaktion erklärte.

Bei der Stadt heißt es, das Ordnungsamt habe die Aktion, für die das Hessische Staatstheater verantwortlich ist, genehmigt. Dabei sei ein Gesamtpaket im Rahmen der „Wiesbaden Biennale" angemeldet worden, das einen Container und eine „menschenähnliche Statue" umfasse, sagte eine Sprecherin auf Anfrage unserer Redaktion.

„Da haben die Schwachmaten mal wieder ein paar Millionen Steuergelder für Scheiße aus dem Fenster geschmissen", stellte Herr von Oberhessen missbilligend fest. Als Regent wusste er um die sensiblen Punkte eines Staatshaushalts nur all zugut Bescheid.

„Und nicht nur das", stellte ich fest. „Das Projekt kann doch im Rahmen der allgemeinen Toleranz nur als gescheitert gelten."

„Wie meinen?" fragte mein Gastgeber.

„Nur ein gülderner Erdo? Ganz alleine auf der großen Platte? Der ist doch einsam", erläuterte ich.

„Stimmt. Der Müllcontainer findet bestimmt auch, dass ein einziger Despot zu wenig ist. Da passen doch noch viel mehr rein", stimmte man mir zu.

Einige Schoppen später hatten die Schabernack-Abteilungen von Oberhessen und Niedersachsen konkrete Pläne geschmiedet und nach einer viel zu kurzen Nachtruhe, einigen Kaffeepöttchen und einer Handvoll Kopfschmerztabletten begannen wir, den Worten Taten folgen zu lassen. Aus der königlichen Kreativ- und Bastel-Halle ertönte in den folgenden Stunden lautes Sägen, Hämmern, Bohren, Schrauben, Flexen, Schleifen und gelegentliches brüllendes Gelächter. Die nachmittäglichen Stunden verbrachten wir im Baumarkt, um weiteres, dringend benötigtes Material zu erwerben und mit dem königlichen Pickup heim ins Königreich Oberhessen zu transportieren.

Wir machten die Nacht durch und als die Morgendämmerung hereinbrach, beäugten und begutachteten wir unser Werk aus den kritischen Augen des Schöpfers und siehe: Es war gut getan. Dann beschlossen wir, uns einige Stunden Tagesschlaf zu gönnen. Die Nacht war anstrengend gewesen und die nächsten sollten ihr in nichts nachstehen. Nach einer Woche war das Unternehmen „Schöpfung" abgeschlossen.

Als die Abenddämmerung hereinbrach, begann Phase zwei unseres Guerilla-Kunstprojektes und die Schufterei begann erneut. Als wir das Auto beladen hatten, dessen Achsen sich unter der Last bedenklich nach unten bogen und uns den Schweiß von der Stirn gewischt hatten, startete die Aktion „Freundschaft" für unseren guten Kumpel, den Türkendiktator.

Sicherheitshalber hatten wir einige zuverlässige Bürger des Königreichs zum diskreten Frondienst verpflichtet. Die Vasallen begaben sich schwarz gewandet und mit Skimützen versehen auf verschlungenen, geheimen Pfaden zum Platz der deutschen Einheit und harrten im Dunkel der Dinge, die da kommen sollten. Gegen drei Uhr in der Früh, als der Platz menschenleer war, vollendeten wir unser Projekt und verschwanden im Nichts, als ob wir niemals dagewesen wären. Die Fundamente und Sockel aus Schnellbinderzement würden die hohe Obrigkeit vor eine schwer zu bewältigende Herausforderung stellen.

Unser guter Kumpel Erdo hatte über Nacht Gesellschaft bekommen, damit er nicht mehr so einsam neben dem Container herumlungern musste. Es war eine echte Herausforderung gewesen, so schnell einen goldenen Beton-Stalin, Pol Pot, Mussolini, Hitler, Obama und Franziskus zu kreieren. Doch es hat sich gelohnt.

Nächstes Jahr ist wieder Äppelwoi-Zeit. Wir freuen uns schon darauf und auf die aktuelle Ausgabe der WAZ. Kulturbereich. Kunstkritik.

Naturheilkunde

Das Telefon klingelte zu einer halbwegs harmlosen Zeit in etwa gegen 15.00. Ich ahnte nichts Böses, schnappte mir den Hörer und vernahm plötzlich ein merkwürdiges Stöhnen, Röcheln und Sabbern am anderen Ende der Leistung. Nun bin ich definitiv kein Befürworter obszöner Anrufe und machte meinem Ärger Luft.

„Lassen Sie das!" herrschte ich den aufdringlichen Gesellen an. „Ich verbitte mir so etwas. Legen Sie sofort auf. Rufen Sie mich nicht wieder an!"

„Jungchen?" stöhnte es am anderen Ende.

„Oh mein Gott. Onkel Arnulf?" vermutete ich, von der nicht ganz unbegründeten Vermutung getrieben, dass es sich um meinen lieben Erbonkel handeln könnte. Ein Blick auf das Display des magischen Knochens ergab, dass es ein anonymer Anrufer war. Onkelchen telefonierte aus Prinzip nach wie vor mit seinem reichsdeutschen Telefon, Modell Göring, Baujahr 1940. Das passte also schon einmal.

„Jungchen", hustete er. „Du musst sofort herkommen. Mir geht es gar nicht gut!"

Ich war alarmiert und verhörte ihn kurz am Telefon nach den Symptomen. Onkelchen nuschelte etwas von einem Taubheitsgefühl im Arm, einem pelzigen und kribbeliges Gefühl im Mundbereich, dazu Sprechstörungen und Kopfschmerzen Stufe Presslufthammer.

„Leg sofort auf, Onkel Arnulf", wies ich ihn an. „Ich rufe den Notarzt. Hier ist Gefahr im Verzug und wir warten nicht, bis ich bei Dir bin. Verstanden?"

„Gut, Jungchen", nuschelte er.

Ich legte auf und rief sofort einen Rettungswagen zu Onkelchens Adresse. Mit Infarkten scherzt man nicht.

Einen Anruf weiter hatte ich erfahren, welches Klinikum als Aufenthaltsort ausgewählt worden war und wann ich mich dort einzufinden hatte, um nicht im Weg zu stehen. Man kennt ja diese lästigen Besucher, die einen mehr behindern als nutzen.

So machte ich mich auf den Weg, ging noch am Kiosk vorbei, um dem alten Herrn eine Rätselzeitung zu kaufen und gönnte mir einen Spaziergang an der frischen Innenstadtluft, um den Kopf halbwegs klar zu bekommen.

Plötzlich kam eine offensichtlich männliche, afrikanische Wanderdüne im wallenden, schrill gemusterten, locker fallendem Nachthemd auf mich zu. Die merkwürdige Gestalt trug allerlei Holzperlenketten um Hals und Arme gewickelte und strahlte mich mit einem zahnpastawerbungsfähigen Gebiss der Superlative und großen, leuchtenden Augen an.

„Wolle JuJu kaufen, Master?" fragte er mich.

„JuJu? Kenne ich nicht", erwiderte ich und versuchte, die Gefahr zu umgehen. Doch der nette Mann mit dem Strahler 70-Lächeln ließ sich nicht abweisen.

„JuJu hilft voll krass gut gegen Hexerei. Böses Fluchen. Du kenne doch böses Fluchen?"

Natürlich kenne ich böses Fluchen. Ich kenne es vor allem von mir selbst, wenn ich in der Innenstadt von lustigen, ambulanten Händlern, Schnorrern und anderem Gelichter belästigt werde.

„Ich habe keine Zeit für solche Dinge", beschwerte ich mich und ergriff die Flucht. Der freundliche, wenn auch etwas zu zutrauliche Herr aus einer wärmeren Gegend nahm es mir nicht übel und winkte mir zum Abschied gut gelaunt hinterher. Nur wenige Minuten später hatte ich mein Ziel erreicht, stürmte durch das Eingangsportal des Klinikums, erkundigte mich an der

Rezeption nach dem Weg und saß kurz darauf neben Onkelchens Bett auf einem der bemerkenswert unbequemen Krankenhausstühle.

Onkel Arnulf hing zwar wirklich etwas in den Seilen, machte aber einen insgesamt vitalen Eindruck.

„Weißt Du denn schon, was es ist?" erkundigte ich mich anteilnehmend.

„Artscht gommt gleisch", nuschelte er. Die Beeinträchtigung seiner sprachlichen Fähigkeiten machte mir doch leichte Sorgen. Doch da ging schon die Tür auf und ein braungebrannter Herr anscheinend arabischer Abstammung kam hereingestürmt. Er schenkte mir ein freundliches Lächeln und sprach die beruhigenden Worte: „Wir schaffen das, Alda, ey."

Ich war ein wenig verwirrt, hatte ich mir doch von, wie das Schild auf dem Kittel auswies, Abu El Mot, dem Oberarzt der Abteilung, etwas mehr erwartet.

„Willst Du konkrete, krasse technische Medizin?" fragte er mich und legte mir kumpelhaft eine Hand auf die Schulter. „Oder bist Du Freund von Naturheilkunde? So Krams für Mädchen?"

Onkelchen und ich warfen uns bedeutsame Blicke zu. Wir tuschelten kurz und entschieden uns für die Naturheilkunde, da wir uns den netten Herrn aus Arabien nicht als Fachkraft unserer Wahl bei High-Tech-Medizin vorstellen konnten.

„Aha!" meinte er, grinste ein wenig abfällig und drückte Onkelchen ein paar Pillen in die klamme Hand. „Schluckst Du!" Dann verschwand er.

Onkelchen tat wie befohlen und bereits wenige Minuten später lag er lächelnd wie ein zufriedenes Baby in seinem Bettchen und stimmte gelegentlich einen lustigen vernuschelten Shanty an.

Die Tür wurde aufgerissen. Herein kam wieder Oberarzt Abu El Mot und sagte: „So. Naturmedizinmann isse da. Kommt gleich rein!"

Und dann drängte sich die mir bereits bekannte afrikanische Wanderdüne ins kleine Krankenhauszimmer, grinste und fragte: „Wolle JuJu kaufen?"

„Isse Doktor aus Kamerun, Dr. N'Bongo Karamba. Voll guter Mann. Macht Teilzeit. Macht Wunder!"

Dr. Karamba zog das Bett samt Onkel von der Wand weg, riss alle Kabel aus den Steckdosen, sprang fröhlich im Kreis um Onkel Arnulf herum und intonierte interessante, folkloristische Gesänge, während er eine magische Rassel schüttelte, Rum soff und im feinen Nebel mundgerecht über Onkelchen versprühte. Der alte Mann schnupperte, sog die Luft tief ein, inhalierte den Fusel-Nebel und so langsam kehrte das Leben in ihn zurück. Seine Wangen röteten sich, seine Nase auch und dann, oh Wunder, sprang Onkelchen jubelnd aus dem Bett, entriss Dr. Karamba die noch halbvolle Flasche, soff den Rest auf Ex und tanzte im Kreis.

„Schluckst Du!" lächelte Dr. Abu El Mot und auch Herr Dr. Karamba wirkte zufrieden.

„Nun kaufst Du JuJu!" forderte er meinen Onkel auf, der ergriffen nickte und sicherheitshalber gleich alle Holzperlenketten auf einmal nahm.

„Welche Diagnose hatten Sie denn?" fragte ich den Oberarzt meines Vertrauens.

„Onkelchen nix Schlaganfall. Hatte schweren Kater nach Saufanfall. Alles gutt. Wir geschafft", erklärte er uns. Dr. Karamba nickte beifällig.

Wir haben uns ein Taxi geschnappt, Onkelchen nach Hause expediert und uns einen Drink gegönnt. Das Klinikum und Dr. Karamba können wir nur empfehlen. Künftig gibt es für uns nur noch Naturheilkunde.

Kommandosache Slingshot

Das Wohnen in der Nähe des größten und schönsten Parks der Stadt bedeutet mehr als nur hohe Mieten, angenehmes Ambiente, Vogelgezwitscher und frische Luft. Es bedeutet auch nächtlichen Pilgerverkehr der feierwütigen Jugend an den Platz der Freuden des ungezügelten Alkoholgenusses, Ghettoblaster-Klängen und lustiger hormonlastiger Aktivitäten im relativen Schutz der tiefen Nacht.

Was macht der Freund der Frischluft beim erholsamen Nachtschlaf? Er flucht. Und er hat allen Grund dazu.

Bereits seit Jahren flanieren Horden über Horden halb- bis neunzehntelstark alkoholisierter Vollhonks am Hause Boss vorbei und versorgen die Gegend mit Geräuschen, wie sie überflüssiger nicht sein könnten. Aufgrund der strategisch ungünstigen Lage des Hauses bedeutet das unmanierlichen Lärm aus immerhin drei Himmelsrichtungen.

„Ich halte das nicht mehr aus", stöhnte „Perfect Wife" gegen 02.30 in der Früh. Ihre blutunterlaufenen Augen sprachen eine eindeutige Sprache. „Schlaf! Ich brauche Schlaf!"

Und sie hatte Recht. Uneingeschränkt. Auf der Straße zog gerade ein fröhlicher Partytross in Richtung Park, schmiss mit Altglas, trat mit lautem Gejohle Mülltonnen um und sang voller Begeisterung und lautstark die obligatorischen Stimmungslieder vom Ballermann. Während das männliche Jungvolk eher maskulin brüllte, grunzte und Balzriten praktizierte, entfleuchte den anzahlmäßig unterrepräsentierten Weibchen in der Gemeinschaft unter schrillem Kichern, Giggeln, Kreischen und Juchzen bis hin zur Hysterie.

Was tun, sprach Zeus? Die Kinder sind betrunken.

Die Idee nahte in Form eines Doppelhonk-Horns, einer fiesen Riesenhupe mit zwei Tröt-Ausgängen, die ich an meinem privaten Harpo Marx-Gedenktag für meine Hupensammlung bei Ebay ersteigert hatte.

Ich dunkelte die Räume ab, öffnete das Fenster einen Spalt, verbarg mich hinter dem Vorhang, applizierte arglistig die Schallkanone und dann ertönte ein zartes

HOOOONK!

Ich muss zugeben, dass ich selbst ob der Leistung der Mini-Beschallungseinrichtung überrascht war. Unsere Kaninchen waren in ihr Hasenhaus geflüchtet und hatten sich zitternd die Löffel in die Gehörgänge gesteckt. Niemand weiß, wie sie das gemacht haben.

„Mach das NIE wieder!" fauchte mich „Perfect Wife" an. „NIE WIEDER!"

Nun gut. Vielleicht war ich ein wenig übers Ziel hinausgeschossen. Immerhin hatte ich die Störenfriede von der Straße verscheucht, deren gesamte Häuser auf 200 Meter plötzlich taghell erleuchtet waren. Ich schloss mich an, illuminierte, öffnete das Fenster sperrangelweit und befragte meine Nachbarn, was in aller Welt denn dieser ungebührliche Lärm zu bedeuten habe. Doch niemand hatte eine plausible Erklärung anzubieten. Gott sei Dank.

Am nächsten Morgen informierte mich die Zeitung über das unerklärliche nächtliche Lärmphänomen in meiner Straße. Drei potenzielle Erklärungen wurden mitgeliefert. Nazis, Putin oder Außerirdische.

Ich schloss mich den Spekulationen nicht an. Das Unergründliche lasst besser unergründet.

Die nächste Nacht kam und mit Ihr die Karawane der sauflustigen Jugend mit Ghettoblastern und lustigen Komatrinkerliedern. Nach der gefühlt tausendsten Wiederholung vom „Puff in Barzelona" nahte die zitternde Gemahlin.

„Warum ich, oh Herr? Was habe ich nur verbrochen?"

„Ganz einfach, Weib. Du hattest damals dieses Haus auserkoren. Wahrscheinlich wurde es auf einem alten Indianerfriedhof erbaut. Oder Schlimmeres."

„Unternimm was. Du bist hier der Boss!" befahl sie mit Reichskanzlerinnenstimme. „Aber ohne Horn!"

„Nichts darf man", brummelte ich. Eindeutig. Ich war in Gefahr. Immer wenn ICH der Boss sein darf, hat man mir die Arschkarte zugeschustert.

„Ich werde darüber meditieren, Ehefrau", gab ich zur Antwort, steckte mir ein Pfund Watte in die Ohren und zog mir die Decke über den Kopf.

Nach einer viel zu kurzen Nacht und einem viel zu schwachen Morgenkaffee begab ich mich an den Rechner und startete die Rache-Recherche. Es ging erstaunlich schnell. Nach wenigen Minuten hatte ich bei meinem guten Kumpel Ebay die Lösung gefunden. Die COMVOX Wasserbombenschleuder für drei Personen mit 500 Ballons und geschätzten 400 Metern Reichweite sollte mir die Zukunft verschönen helfen. Ich habe das Ding sofort bestellt und ab da die Türklingel des Hauses Boss dauerhypnotisiert. Zwei schlaflose Nächte später klingelte es und ich hielt endlich mein lang ersehntes Spielzeug in den fahrigen Händen. Ich fetzte die Verpackung von ballistischen Wunderwerk und begann giggelnd zu sabbern.

„MEIN Schatzzzzzz", kam es über meine rissigen Lippen. „Meins!"
Normalerweise sind für den Job drei Leute vonnöten. Zwei halten die Strippen, einer spannt und schießt. Da sich das Weibsvolk irgendwo verschanzt hatte und den Kontakt zu mir verweigerte, drillte ich 20-mm Schraubhaken rechts und links neben dem Fenster in die Wände. Dann befestigte ich das Katapult und begann anschließend, 100 Ballons mit Wasser zu füllen. Dann kam die Eingebung. Wozu Wasser nehmen? Ich eilte in den Keller und schnappte mir alle verfügbaren Flaschen mit Abtönfarbe von Gelb bis Dunkelblau.

„Na wartet, Ihr Mistkinder", feixte ich, während ich Position am Fenster einnahm. „Ihr treibt es bunt? Ihr wollt es bunt? Ihr kriegt es bunt!"

Lautes Wummern an der Tür erinnerte mich an mein Eheweib, die mich von draußen ermahnte, besser keinen „Mist" zu bauen. „Mist"? Von wegen „Mist". Ich war im Krieg. Und Krieg bedeutet Opfer. Gut, dass ich die Zimmertür verriegelt und verrammelt hatte.

Die Dunkelheit nahte und mit ihr die Karawane des Lärms. Ich war vorbereitet. Das Fenster weit geöffnet. 100 bunte Luftballon-Bomben. Und neben dem Fenstersims warteten noch weitere Überraschungen.

Im Nachhinein bin ich vielleicht nicht stolz auf meine Tat, aber ich bereue nichts. Ich sah alles nur noch im Farbrausch. Die flüchtenden Radau-Gören unter dem Hagel der Farbgeschosse zu sehen, war es wert. Alles war bunt, so wunderbar bunt. Dann schickte ich die mit Federn gefüllten Ballons hinterher. Alles war plötzlich voller kolorierter Riesenhühner. Und denen machte ich dann den Garaus mit den Überraschungs-Melonen. Alles in allem ein gelungener Abend. Mal sehen, was ich morgen nehme. Vielleicht Juckpulver.

Ein Neger mit Gazelle...

Nichts ist so schön und erheiternd zugleich wie ein gut geratenes Palindrom, also ein Wort oder Satz, das bzw. der von vorne wie von hinten gelesen identisch ist. Während sich Laien an Begrifflichkeiten wie „Otto" oder „Anna" erfreuen, sind die Profis unter den Wortspielern komplizierteren Konstrukten wie „Ein Neger mit Gazelle zagt im Regen nie" zugetan.

Leider ist der Begriff „Neger", der letztendlich nichts anderes als „Schwarz" (Negro) bedeutet, aus Gründen der Political Correctness in Verruf geraten. Doch das ist nicht das eigentliche Problem. Als ich eine Stippvisite in meiner typisch deutschen Kleinstadt vornahm, musste ich feststellen, dass absolut kein Mangel am maximal Pigmentierten (ehemals Neger) besteht.

Ich flanierte also durch die Fußgängerzone, deren personelle Struktur sich in wenigen Jahren grundlegend verändert hat. Eine Armada von Kopftüchern versperrte mir nur deshalb nicht die Sicht, weil ich meiner nordeuropäischen Keltengenetik nicht nur blonde Haare und blaue Augen, sondern auch eine Körperlänge von Pi mal Auge 195 cm verdanke.

Arabien und Afrika waren überproportional vertreten und belebten das Lokalkolorit. Ein babylonisches Sprachgewirr beinhaltete so ziemlich alle Sprachen bis auf Deutsch.

Es steht außer Frage: Der weiße Mann und die weiße Frau werden weltweit zu einer immer kleineren Minderheit. Um 1900 war jeder dritte Erdenbürger Europäer. Ein Viertel der Menschheit lebte damals auf unserem schönen Sub-Kontinent. Heute ist es nicht einmal mehr ein Achtel. Um 2050 werden es vielleicht noch sechs Prozent sein.

Wer hätte sich vor 80 Jahren träumen lassen, dass Deutschland lückenlos arabisiert und afrikanisiert werden würde? Kein Schwein.

Doch es ist wie es ist. Und während ich durch die Stadt flanierte, mich wunderte und von der neuen dunklen deutschen Urbevölkerung kritisch beäugt wurde (niemand mag dubiose Minderheiten), gelangte ich an einen Informationsstand.

Eine weibliche Wanderdüne in bunten Wollteppichen, die ich nach einigen prüfenden Blicken als Helga Litmanovski-Schnarrenpflug von den GRÜNEN identifizierte, hielt mit einigen ihrer Vasallinnen Hof und war für die Verteilung vieler, vieler bunter Flyer, für die ein kleiner deutscher Nadelwald seine Bäume hatte opfern müssen, an die noch nicht ausreichend aufgeklärten deutschen Neofaschisten, zuständig.

„He! Sie da!" herrschte sie mich an. „Sind sie nicht der Nazi mit den politisch inkorrekten Schneeleuten?"

Eindeutig. Das Erkennen beruhte auf Gegenseitigkeit.

„Und Sie?" antwortete ich. „Sammeln Sie noch immer Briefwählerstimmen bei den Demenzkranken und sedierten Intensivpatienten im Klinikum?"

Die Herzlichkeit unseres Umgangs miteinander war ebenso grob offensichtlich wie die Blicke eisig.

„Alles Lügen und Unterstellungen", fauchte sie.

„Ich war zufällig anwesend und habe sie dabei ertappt, Sie Wahlstimmenmysterium", entgegnete ich.

„Und? Was machen Sie heute Schönes? Schollen für die Eisbären? Uhren für den Schwarzwaldkuckuck?"

„Weit gefehlt, Sie Hetzer!" giftete sie. „Wir setzen uns für unsere neuen afrikanischen Mitbürger ein."

Daher wehte also der heiße Wüstenwind. Wie wir wissen, kommen in Afrika jeden Monat drei Millionen neue Deutsche zur Welt. Es war einen Gedanken wert, ihnen eine Perspektive zu verschaffen.

„Lassen sie mich raten. Riesige Kochtöpfe für große, dicke weiße Menschen?" lästerte ich.

Helga Litmanovski-Schnarrenpflug kam aus ihrer Prospekthöhle gewalzt und fuchtelte mit einer Sammeldose vor meiner Nase herum.

„Diese Leute brauchen unsere Hilfe, Sie Rassist!"

„Ich bin kein Rassist. Und wollen Sie wissen, weshalb ich keiner bin?" erwiderte ich.

Sie starrte mich aus großen Triefaugen a la Roth an.

„Weil es laut grüner Doktrin keine Menschrassen gibt. Demnach ist jeder, der etwas anderes behauptet, selber ein Rassist. Fragen Sie mal Frau Roth. Klaro?"

„Natürlich gibt es Rassen. Das sieht man doch bei den Hunden", empörte sie sich.

„Ja. Bei Hunden. Vielleicht sollten Sie sich mal mit Ihrer Parteiführung austauschen? Das könnte einiges klären. Andererseits sind politische Aussagen ja eher unverbindlich. So wie bei Frau Baerbock. Wir sollten also besser keine Hoffnung hegen."

Ich verließ flinker Sohle die Stätte, während das Teppich-Monster meinen Abgang von der Szene lautstark mit Schmähungen begleitete. Nächstes Mal sollte ich vielleicht eine Kevlar-Schutzweste tragen. Diese Furien an den Demagogieständen waren, obwohl Frauen doch eher Giftmörderinnen als Messerstecherinnen sind, brandgefährlich.

Wie auch immer. Der Hilferuf des neuen, farbenfrohen deutsch-afrikanischen Bevölkerungsanteils hatte meine Synapsen stimuliert. Ich war inspiriert worden. Ein paar Tage darauf hatte ich meinen eigenen Info-Stand gebaut, Flyer gedruckt und einen Stellplatz in der Innenstadt beantragt.

Wir alle wissen: Ein Neger mit Gazelle zagt im Regen nie. Doch die Schwatten in unserer Stadt waren ohne Ausnahme gazellenlos. Und das bei DEM Sauwetter! Aber warum nur?

Meine diesbezügliche Anfrage beim BamF wurde leider nicht beantwortet. Auch meine Petition „Gazellen für die maximal Pigmentierten" (ehemals Neger) war anscheinend nicht bearbeitet worden. Steuergelder für mein neues Projekt? Weit gefehlt. Hoffnungslos. Egal.

Am Samstag war es dann soweit. Der Stand war ruckzuck aufgebaut und stand nur wenige Meter vom GRÜNEN-Stand entfernt. Mein Aufruf:

„Gazellen für die Neger!"

Liebe Deutsche.

Unsere neuen Mitbürger leiden heftige Qualen. Vor allem, wenn es regnet. Doch es besteht Hoffnung. Wir wissen: „Ein Neger mit Gazelle zagt im Regen nie!" Bei den durchschnittlichen Importkosten von Gazellen (3.000 Euro pro Tier) und einem Bestand von ca. 500.000 maximal Pigmentierten (ehemals Neger) im Land, benötigen wir 1,5 Milliarden Euro Spendengelder, damit sich die neuen deutschen Bürger bei uns wohl und angenommen fühlen. Bitte unterstützen Sie diesen guten Zweck.
Verwenden Sie die bekannte Kontonummer. Vielen Dank.

Man kann über die Deutschen sagen, was man will. Auf jeden Fall sind sie hilfreich. Nicht nur die Sammelbüchsen waren voll. Auch das Konto platzte förmlich. Das nächste Projekt ist schon geplant und wird der Hammer. Es geht dabei um 72 Jungfrauen und deutsche männliche Senioren. Aber mehr verrate ich noch nicht. Wir sehen uns dann in der Fußgängerzone. Und bitte nicht vergessen: Geld mitbringen. Danke.

Heat

Der legendäre Spitzenwertesommer von 2018 ist noch gar nicht so lange her. Wir alle hegten damals die Hoffnung, dass der amtierende Sommer vielleicht ein wenig gefälliger für den arbeitenden Teil der Bevölkerung, der es arbeitszeitlich einfach nicht hinbekommt, tagsüber seine Luftmatratze und das Quietsche-Entchen im Badesee auszuwildern, sein würde. Während irgendwelche kernverpeilten Spaßvögel hitzebedingt kollabierend über Möhrenfelder spazierten und die Ernte vernichteten, um darauf hinzuweisen, dass das völlig taco sei, wenn man nur klimapolitisch korrekt denken würde, steckte ich lieber die Füße in eine politisch inkorrekte Plastikwanne voller Eiswürfel und gönnte mir fröhlichen Schreibspaß.

Die von mir zusammengetragenen Ventilatoren ratterten und surrten, dass es nur so eine wahre Freude war. Doch dann nahte das Schicksal in Form von „Perfect Wife" und ihrem anklagenden Blick. Sie hatte gerade diverse Tüten mit Einkäufen durch die Glut bis in den heimischen Flur geschleppt, war puterrot im Gesicht, schweißnass und in äußerst gnatziger Stimmung.

„Heiß", ächzte sie und gönnte mir weitere vorwurfsvolle Blicke, während sie den größten der Ventilatoren schnappte, verschleppte und eine tragische Lücke in der Windmaschinenreihe hinterließ.

Ich zog die Füße aus der Eiswasserwanne und kam meiner Pflicht nach, die Einkäufe auszupacken und im Kühlschrank sinnvoll unterzubringen. Dabei fiel mir spontan die Familienpackung zuckersüßer Negerküsse äh...Mohrenköpfe...Mist...auch nicht...ein! Ich erinnerte mich also an die Schoko-Dingsbumse, die ich vorausschauend im Gefrierschrank geparkt hatte. Ich förderte einen davon zutage, platzierte ihn für die spätere Erbauung meines Gaumens auf dem Kühlschrank und machte mir einen Eiskaffee Jumbo Deluxe mit locker 1,5 Literchen kühler und vanillig-sahniger Entspannung. Dann schnappte ich mir zwei Kühlpacks aus dem Frostomaten und wankte zurück an meinen Arbeitsplatz und wischte mir den Schweiß von der Stirn. Dann platschten die Kühlpacks in meine Fuß-Eis-Spa. Immerhin. So ließ es sich arbeiten.

Unsere Kaninchen lagen völlig desolat in ihren kuscheligen Pelzmäntelchen in der Ecke und winkten mir nicht einmal müde mit den Öhrchen zu. Fell kann im Hochsommer auf schlechtes Karma schließen lassen. Ich nippte am Eiskaffee. Dann fiel mir ein, dass ich das Neger-Schoko-Kopf-Kuss-Teilchen oder so vergessen hatte. Ich fluchte, zog die Füße aus der Wanne und schleppte mich zurück in die Küche.

Hinter meinem Rücken tat sich etwas. Ich sah „Perfect Wife" schemenhaft durch die Räume huschen. Sie hatte die Gunst der Minute genutzt, sich in meinen Privatbereich geschlichen und alle dort vorhandenen Ventilatoren stibitzt. Ich fluchte erneut. Doch es war zu spät. Chance vertan. Dumm gelaufen.

Also zurück an den Schreibtisch. Füße wieder ins inzwischen laue Nass. Lautes Klingeln an der Tür. Hermes der Götterbote. Paket. Schweißgetränkt und aufgeweicht bei 35 Grad im Schatten. Anscheinend litt der schwarzafrikanische Fahrer (Neger? Mohr? Starkpigmentierter? Hilfe!) auch unter der Hitze. Ich erwog, ihm ein kühles Getränk zu spendieren. Doch da fiel mir etwas siedend heiß ein. Da war doch noch das Schoko-Dingsbums auf dem Kühlschrank. Auch hier war mein Timing unterirdisch. Der „Kuss" hatte sich metamorph von meiner Leckerli-Liste verabschiedet und glitt gerade schmierig tropfend auf einer breiten Schokoladenspur den Kühlschrank hinab.

Ich erlaubte mir trägen Schritts einen kleinen Ausflug zu „Perfect Wife", die es sich im kühlsten Raum bequem gemacht hatte und aus drei Himmelsrichtungen Ventilator-Luft auf den Alabasterleib eisbestürmen ließ, bis sich unausweichlich Verspannungen einstellten. Dann schleppte sie sich in die Küche, um einen Heusack für Bekämpfung ihrer verkrampften Frostzonen zu erhitzen. Ich war zu schlapp, um den Kopf zu schütteln und wankte zurück zu meiner Fußwanne, die inzwischen fröhlich blubbernd vor sich hin hitzewhirlpoolte. Ab in die Küche. Neue Kühlpacks waren nötig. Ich winkte dem Schoko-Neger-Flüchtlings-Kuss kurz zu und hatte ihn dann aber wieder ebenso schnell vergessen wie wahrgenommen.

Endlich war ich wieder am Arbeitsplatz und wollte gerade in die Tasten hauen, als es merkwürdig nach frisch geröstetem Getreide roch. Raus aus dem Wasser, rein in die Küche. Es gab knusprigen „Heusack Brandenburger Art". Ich barg ihn mit einer Grillzange und transportierte ihn zur Verursacherin des Beinahe-Wohnungsbrandes.

Sie stöhnte wohlig auf, als das rauchende Anti-Verspannungs-Therapeutikum auf den Verhärtungszonen ihres unterkühlten Körper landete. Dann machte sie unter Aufwendung ihrer letzten Kräfte einen Sit-Up und stellte alle Ventilatoren auf die „Grönland-Blizzard-Eismeer"-Stufe.

Als ich wieder im Land des Schreibens war, kam mir die Idee, dass etwas Frischluft förderlich sein könnte. Also öffnete ich das Fenster einen Spalt. Als die Saunaluft hereinströmte und mir die Nasenspitze versengte, schlug ich es wieder zu und ergriff ich die Flucht.

Wieder in der Küche angekommen musste ich feststellen, dass der Schokomigrant bereits die Türschwelle erreicht hatte.

Ich stutzte: Alle Lebensmittel, die ich gerade in den Kühlschrank bugsiert hatte, lagen auf dem Küchentisch und nahmen ein belebendes Sonnenbad.

Aus des Kühlschranks tiefsten Abgründen vernahm ich ein leises Stöhnen irgendwo zwischen Wollust und Tiefenentspannung. Einem mit fettem Edding gestalteten Schild auf der Kühlschranktür entnahm ich, dass mein Tochterkind dort eingezogen und das ein Öffnen der Tür bei Strafe verboten sei. Mein förmlicher Protest wurde nicht wirklich zur Kenntnis genommen. Die Eiswürfel, die sie sich mittlerweile in die Ohren gesteckt hatte, ließen es nicht wohl zu.

Ich gebe zu: Ich bin nicht ohne einen gewissen Stolz auf das, was ich anschließend getan habe. Mit einer kleinen Gruppe Gleichgesinnter habe ich gegen Mitternacht der Filiale eines allseits beliebten Technik-Marktes einen Höflichkeitsbesuch abgestattet. Die wenigen dort noch vorhandenen Heim-Klimaanlagen hatten ihren Preis innerhalb weniger Tage verzehnfacht und waren schier unbezahlbar geworden.

Als wir den beiden Wachmännern, die uns bei dem Unterfangen erwischt haben, versprachen, ihnen jeweils eine der 10 Anlagen, die wir auf dem mitgebrachten Hubwagen hatten, diskret vor ihre Haustüren zu stellen, hatten wir sie auf unserer Seite. Wir durften sie fesseln, knebeln und ließen ein Bekennerschreiben der „Klimafront" zurück, die Gratis-Klimaanlagen für alle fordert. Ich selbst empfange jetzt in meinem Arbeitszimmer bei 10 Grad Raumtemperatur Besuche von Nachbarn für nur 100 € die halbe Stunde. Dazu Eiskaffee. Eindeutig: Sommerhitze ist was Feines.

Ein Freund, ein guter Freund…

Gute Freunde sind selten. Es gibt zwar keinen Mangel an Menschen, die sich als Freund bezeichnen, ohne dass sie dazu aufgefordert worden wären. Was macht eine gute Freundschaft aus? Sie entwickelt sich. Sie verlangt nicht, dass man sich permanent an der Backe kleben muss. Aber sie bedeutet, dass man, selbst wenn man fünf Jahre nicht viel voneinander gehört hat, füreinander da ist, wenn es brennt.

Die Steigerung von „guter Freund" ist „bester Freund". Es ist wie bei Highlander. Es kann nur einen geben. Und schon bin ich bei meinem besten Freund. Er heißt Jürgen.

Wenn man Jürgen braucht, dann ist er da. Das liegt sicherlich auch daran, dass Jürgen Wert darauf legt, gebraucht zu werden. Ruhe oder gar Inaktivität liegen ihm nicht. Anscheinend liebt er das Leben am Limit. Ein Kleintransport steht an? Irgendein fieses, schweres Möbel muss bewegt werden? Einen Transport oder Gartenjob gefällig? Jürgen ist da und hilft. Vor allem aber hilft er mit guter Laune und einem offenen Ohr. So etwas ist in unserer Gesellschaft selten geworden. Als das Universum Jürgen erschuf, zersprang die Form. Jürgen hat nun einmal so viel Ungestüm im Leibe, dass er sich von einer Form nicht aufhalten lässt. Ich bin mir sicher, dass er das gute Stück gleich im Anschluss an den Vorgang der Schöpfung zum nächsten Altmetallhändler gebracht hat.

Es ist so um die 25 Jahre her, dass wir uns irgendwo in einer Dartkneipe über den Weg gelaufen sind. Ein Vorgang wie auf dem Schulhof. Man blickt sich in die Augen. Dann stellt sich ein breites Grinsen ein. Passt. Und schon nimmt das Verhängnis seinen Lauf.

Was ist Bestimmung? Bestimmung ist, wenn man umzieht und plötzlich feststellen muss, dass der beste Freund gerade mit seinem gigantischen Hund ins Nachbarhaus eingezogen ist. Plötzlich sieht man sich nahezu täglich und kann gemeinsam über den Zaun über die lieben Mitbewohner lästern. Einfach grandios. Mein bester Freund ist plötzlich auch bester Nachbar. Manchmal bin ich vom Glück verwöhnt.

Was ich an Jürgen besonders schätze, das ist sein riesiges Herz aus Gold. Er ist herzlich, ehrlich und jemand, den man einfach mögen muss. Nur verärgern oder vereimern sollte man ihn besser nicht. Dann kann er ungehalten werden und hartnäckige Störenfriede auch mal körperlich in Form einer Beule ermahnen. Doch das sind für mich höchstens seltene Ausrutscher. Selbst bei einer Pokerrunde mit diversen Vollidioten habe ich nicht erlebt, dass er die Contenance verloren hat. Allerdings gibt es Gefahrensucher, die es darauf anlegen, Grenzen auszuloten. Dann ist es spannend, dabei zuzusehen und sich die Frage zu stellen, was wohl als nächstes passieren könnte.

Das Stichwort Poker bringt es an den Tag. Jürgen ist verspielt. Egal ob Poker, Brettspiele, Skat oder Strategiespiele…er könnte nicht ohne. Und es macht einfach Freude, mit ihm am Tisch zu sitzen, weil er das Talent hat, gute Laune zu liefern.

Mein Freund ist Cineast. Er sammelt leidenschaftlich Filme und Serien. Wahrscheinlich hat er tausende davon, alle gesehen und genossen. Literatur hingegen steht bei ihm nicht so hoch im Kurs. Doch er ist interessiert, informiert und ungewöhnlichen Ideen und Gedankenwegen gegenüber aufgeschlossen.

Vor allem aber ist er ein Mann der Tat. Er hat Ameisenkräfte und kann wahrscheinlich ein Vielfaches seines Körpergewichts auf die Schultern packen. Im Mittelalter wäre er bestimmt ein Krieger gewesen und hätte viel Ruhm eingesammelt. Im modernen Leben der Überregulierung, Bürokratie und Gängelungen hingegen ist er suboptimal untergebracht.

Deutschland mag keine nonkonformen Menschen mit eigenen Vorstellungen. Das beruht bei Jürgen auf Gegenseitigkeit und hat gelegentlich den einen oder anderen Konflikt mit sich gebracht. Doch er ist standhaft wie ein Fels in der Brandung und das imponiert.

Loriot hat etwas über Möpse und Menschen gesagt. Das Leben ohne Mops ist möglich, aber sinnlos. Jürgen ist Tierfreund. Hunde mag er über alles und kann stundenlang mit einem vierpfotigen Begleiter über die Felder spazieren. Das macht den Kopf frei und sorgt für Ausgeglichenheit. Ansonsten mag er „Möpse" in allen Ausprägungen. Allerdings neigt er dazu, seine Angel im falschen Teich auszuwerfen, was unweigerlich zu Stress führt. Aber man kann nicht alles haben. Was gibt es noch zu sagen? Jürgen hat eine fatale Neigung zu Fastfood und deren Verpackungen, die sich neben ihm auf dem Beifahrersitz türmen. Klinische Sauberkeit ist nicht sein Ding. Er ist rustikal, herzlich und nicht pedantisch.

Jürgen ist Pflanzenfreund. Auch, wenn ihn die strikten Regeln in seinem Gartenverein in den Wahnsinn getrieben haben, weiß er Pflanzen zu schätzen. Es wird höchste Zeit, dass er die Ananas und die Chilipflanzen, die ich für ihn gezogen habe, einsammelt. Ich freue mich bereits auf ein Experiment mit dem Saatgut von fleischfressenden Pflanzen, das ich bei Ebay geschossen habe. Wahrscheinlich wird es ein Flop, so wie damals, als ich Riesenbambus-Saatgut erwarb, der dann zu Agaven heranwuchs.

Erstaunlich übrigens: Mein Freund mag weder Bier noch Kaffee. Ich denke, dass ihm demnächst das gemeinsame Verkosten meiner neuen Obstweinproduktion mit viel Grillgut als kleine Beilage gefallen wird. Was gibt es noch zu sagen? Mein Kumpel ist unermüdlich und arbeitsam. Wenn er von einer Transporttour übergangslos in die nächste schlittert und noch eine Nachtschicht drauflegt, um im Anschluss vielleicht noch einen Umzug zu wuppen, dann zehrt das an den Kräften. Auch die beste Kondition ist nicht unendlich. Neulich geriet ich in Versuchung. Ich hätte einen Kleiderschrank im Kolonialstil ersteigern können und habe bei Jürgen angefragt, ob er helfen würde, falls ich zuschlagen würde. Er hat spontan zugesagt. Doch dann hielt die Ratio bei mir Einzug und ich habe mich dagegen entschieden. Man soll Freundschaft nicht überstrapazieren und er arbeitet mir einfach zu viel. Wenn ich für jedes Mal, wo ich ihn gebeten habe, doch mal einen Gang runterzuschalten und sich nicht zu Tode zu malochen, einen Euro bekommen hätte, dann hätte ich davon gut essen gehen können. Aber Jürgen grinst dann nur und verweist darauf, dass er bald Urlaub hätte und sich dann mal in aller Ruhe hinlegen und nichts tun würde.

Ich mag seinen Plan. Aber dass er beschlossen hat, nicht mehr aufzustehen, hat mich überrascht. Woran mag es gelegen haben? Ich denke, es waren die in Highspeed gelebten 100 Jahre in 45 Jahren. Vielleicht aber braucht ihn das Universum einfach nur an einer anderen Stelle, denn auch das Universum weiß einen besten Freund zu schätzen. In Gedanken plaudere ich ab und zu mit ihm: „Gut, dass ich neulich den Schrank nicht gekauft habe." Er antwortet: „Stimmt."

Und dann lachen wir beide leise.

Heissa Hoppsa Lillesyster

Wehe dem, der heute an den Himmel schaut. Es ist lustige Klimazeit und Greta Rattenfänger propellert mit ihren Rattenzöpfen wie dereinst Karlsson von Dach durch die Welt. Und sie lässt nichts anbrennen. Letzten Sonntag war ich auf einem örtlichen Wochenmarkt. Dort gab es einen Stand zum Thema "Klimaschutz". Ich wurde als „Vorbeilaufender" auf die CO_2-Problematik auf unserer Welt angesprochen. Ich hatte eine relativ schlaflose Nacht hinter mir und beschloss, garstig zu sein. Da ich ein Mensch voller schlechter Eigenschaften bin, schnappte ich mir einen der pickelgesichtigen Klimaaktivisten mit Überbiss: „Ich habe da mal eine Frage: Wie hoch ist denn der CO_2-Anteil in der Luft?"
Die Antwort des Akne-Bubis kam prompt und voller Empörung: „Hoch! Sehr hoch! Viel zu hoch!"
Ich gönnte mir einen leckeren Nachschlag: „Wie hoch denn ist er denn nun? So in Prozent?"
Der Klimaknabe blickte betreten nach unten und suchte nach einer Antwort: „Weiß ich nicht!"
Aha, dachte ich mir in meinem Sinn. Ein echter Experte. Schulbildung hat was für sich.
Ich bereitete die Attacke vor: „Was ist denn sonst noch in der Luft?"
Er strahlte mich an: „Sauerstoff!"
Ich: „Und wie viel Prozent?"
Und schon war sein Strahlen wieder verschwunden und er erbleichte. „Weiß ich nicht!"
Als ich ihm mitteilte, dass es so um die 21% sind, wich die Betretenheit wieder einer gewissen Freude. Meine Information erschien ihm plausibel zu sein.

Doch ich kannte keine Gnade: „Welche Gase sind denn sonst noch in der Luft enthalten?"

„Äh...?" entgegnete er unter inneren Qualen.

Täuschte ich mich oder sah ich Tränen in seinen Augenwinkeln und Schweißtropfen auf seiner Stirn?

Ich half ihm aufs Klima-Pferd. „Zum Beispiel Edelgase! Argon, Xenon, Neon, Krypton, Helium. Die machen in Summe ein knappes Prozent aus!"

Mein neugewonnener Klimakumpel stutzte, grübelte kurz und starrte ins Leere.

Nun war es an der Zeit, sein Schmerzempfinden auszuloten. Ich wiederholte die Frage und bekam nur ein gequältes Augenverdrehen als Reaktion.

„Kennen Sie vielleicht Stickstoff?"

„Ach ja, stimmt... Stickstoff! Ja, den haben wir auch in der Luft!" Er wirkte mental irgendwie verspannt.

Ich: „Und? Wie viel Prozent?"

Sein Großhirn machte Tilt. Aus die Maus. Doch in den cerebralen Tiefen werkelte noch das Reptilienhirn und spendierte ihm ein paar Möglichkeiten. Angriff? Flucht? Oder doch besser totstellen? DAS war hier die Frage. Er versuchte es mit Schockstarre.

Meinen sadistischen Anteilen war es vollkommen egal, dass er genug hatte. Ich ließ aber nicht locker, erläuterte ihm, dass es ca. 78% wären. Und dann gönnte ich mir die Killerfrage: „Und was macht das zusammen in schlichter Addition?"

Kopfrechnen war nicht seine Stärke. Er wurde immer bleicher, dann plötzlich hochrot im Gesicht. Mein Hinweis, dass er bestimmt eine Taschenrechner-App auf seinem locker 800 € teurem Handy hätte, ermöglichte es ihm, der Sache auf den Grund zu gehen.

„Das kann nicht stimmen, das glaube ich Ihnen nicht, weil dann ja für CO_2 nichts mehr übrig bleibt!!!"

Ich lächelte freundlich: „Eben! Sie haben vollkommen Recht! Es sind nur 0,038% CO_2 in unserer Atemluft!" Sein Stammhirn brüllte laut auf. Er glaubte mir nicht und ergriff die Flucht. Und da stand ich nur und machte innerlich eine Kerbe in die Kante meines Klima-Tischmöbels. Missetat vollbracht. Gegner vernichtet. Und unter uns: Es hat Spaß gemacht.

Ein kurzer Ausflug ins böse Thema:

Wir haben 0,038% CO_2 in der Luft. Davon produziert die Natur selbst etwa 96%.

Den Rest, also 4%, macht der Mensch. Das sind 4% von 0,038%, also 0,00152%. Der deutsche Anteil davon liegt bei etwa 3,1%. Somit beeinflusst Deutschland mit 0,0004712% das CO_2 in der Luft.

Wir retten das Klima, wir retten die Welt. Das beschert uns jährlich Belastungen von etwa 50 Milliarden Euro. Die CO_2-Abgabe wird es richten und die Welt wird...ja, was wird sie denn? Sie wird ziemlich öde. Wir hatten erdgeschichtliche Phasen mit erheblich höheren Werten. Was brachten die uns ein? 30 Meter hohe Bäume und bessere Luft.

CO_2 ist neben Sauerstoff der Motor aller Dinge. Kein CO_2 bedeutet zwangsläufig keine Pflanzen. Und eine Welt ohne Pflanzen wäre für uns ziemlich tödlich. Nun könnte man natürlich die Chance, das CO_2 einfach CO_2 sein zu lassen, nutzen und Bäume pflanzen. Aber das würde bedeuten, dass man, statt sich schulfrei bei Starbucks mit gegenseitiger gutmenschlicher Überlegenheitsbauchpinselei zu gönnen, mal die Fingerchen schmutzig machen müsste. Buddeln an der frischen Lust? Wenn Gott das gewollt hätte, hätte er uns doch keine Smartphones und Computer geschenkt. Denn Gott ist groß, allwissend und Greta ist seine Prophetin. In Ewigkeit. Amen.

Harry Potter

Die Bücherserie um Harry Potter und seine Freunde hat weltweit Hunderte Millionen Leser in ihren Bann geschlagen. Von den Filmen ganz zu schweigen. Vor allem haben die Bücher etwas geschafft, was vor wenigen Jahren noch undenkbar gewesen wäre: Die Jugend liest wieder. Doch auch ältere Semester wie ich erfreuen sich an literarischem Input, Inspiration und ein wenig mehr Märchenhaftem, das die Welt ein wenig bunter macht und sogar zum Happy End neigt. Wie immer gibt es natürlich auch gewisse Absonderlichkeiten. Auf einem nicht allzu sehr entfernten Sportplatz, auf dem ich große Teile meiner Kindheit verbracht habe und jeden Stein kenne, treffen sich mittlerweile Menschen, um dem Quidditch zu frönen. Sie hüppeln auf Besen über das Grün, schmeißen mit Bällen um sich und wer weiß, ob sie nicht heimlich in den Umkleidekabinen den berüchtigten „Vielsaft" trinken. Zugegeben: Es mutet ein wenig seltsam an. Aber es gibt Schlimmeres als Spiel, Spaß, Spannung und Abenteuer junger Menschen auf dem Sportplatz. Lenken wir unseren Blick ins Land der begrenzten Unmöglichkeiten, den USA. Dort haben gescheite Leute inzwischen erkannt, wie brandgefährlich Potter ist. Der allgemeine Potter-Hype scheint den Verantwortlichen einer Schule im US-Bundesstaat Tennessee so große Sorgen zu bereiten, dass sie die Serien jüngst aus der Schulbücherei, nun ja, verbannt haben. Ihre Erklärung: Die Bücher enthielten echte Zaubersprüche. Und das sei eindeutig zu riskant.
Pastor Dan Reehil von der St. Edward Catholic School in Nashville hatte sich in einer E-Mail an die Eltern seiner Schüler gewandt. Darin hieß es nach

Angaben der lokalen Zeitung "The Tennessean", dass er sich mit zahlreichen Exorzisten sowohl in den USA wie auch in Rom verständigt habe. Man sei zu dem Schluss gekommen, dass die Flüche und Zaubersprüche in diesen Büchern echt wären und, wenn sie von einem Menschen gelesen würden, böse Geister heraufbeschwören könnten.

Zudem, so Reehil weiter, würde Zauberei in den Büchern nicht nur böse, sondern auch als gut dargestellt. "Das ist nicht wahr, sondern eine schlaue Täuschung", teilte er mit. Die Privatschule hat die Ausgaben der siebenteiligen Serie aus der Schulbücherei entfernt.

Ich muss zugeben, dass mich das Ganze nachdenklich gestimmt hat. Was wäre, wenn die frommen Leute aus den Staaten tatsächlich Recht hätten?

Ich eilte an den Bücherschrank und kurze Zeit später hatte ich die potenziell brandgefährlichen Machwerke des Teufels und seiner garstigen Stellvertreterin auf Erden, Joanne K. Rowling, vor mir auf dem Tisch liegen. Sieben Bände Teufelswerk wollten ergründet werden. Ich lehnte mich entspannt in meinem Lesesessel zurück und begann das Unternehmen „Bibliothek der Finsternis".

Als ich Band Eins öffnete, schienen mir die Seiten leicht bläulich-rötlich zu schimmern. Und lag nicht auf einmal ein Hauch von Schwefel in der Luft?

Mir wurde die Sache suspekt. Ich schlug das Machwerk aus dem Höllenschlund schnell wieder zu und legte es zu seinen buchgewordenen Dämonenkumpanen auf den Tisch. Sollte der umtriebige amerikanische Kirchenmann zu Recht Schlimmes vermutet haben? Dann vernahm ich ein absonderliches Geräusch. Ein merkwürdiges Zischen und Tröten. Ich sah mich um und entdeckte meine beiden kleinen Hündchen,

Hades und Brutus. Die kleinen Racker hatten es sich vor dem Kamin gemütlich gemacht. Brutus blickte betreten und schuldbewusst gen Teppich. Dann ertönte erneut das Geräusch. Und dann war da plötzlich wieder der in der Tat fiese, nasenfolternder Geruch. Das Mysterium Schwefelduft war gelöst. Nie wieder Billigfutter für meine kleinen Höllenhunde. Aber das merkwürdige Licht? Es stellte sich heraus, dass es von der Pflanzenlichtlampe, die ich über meinen dekorativen Ananas-Pflanzen drapiert hatte, stammte. Ich gab innerlich Entwarnung. Dann widmete ich mich erneut Band Eins.

Mit dem online frisch erworbenen Original Voldemort-Zauberstab aus dem nun mir gehörenden großen Potter-Zaubstab-Set wedelte und wutschte ich von Heldemut getrieben hin und her.

„Wingardium Leviosa", murmelte ich. Doch nichts geschah. Ich versuchte es lauter. **„Wingardium Leviosa!"** Wieder nichts. Und egal, welchen Harry-Potter-Spruch ich auch probierte und egal, welchen Zauberstab ich auswählte...es geschah nichts. Rein gar nichts. Auch „Cruzitürken", „Kanasta Kadaver" wie auch die Klassiker „Hokus Pokus" und „Drei mal schwarzer Kater" bewirkten nichts.

Ich räumte die nutzlosen Machwerke zurück in den Büchschrank. Und da war er wieder, der fiese Schwefelmief aus dem Höllenhundehintern.

„Brutus! Du Stinktier" herrschte ich mein Hundilein an. Doch da war kein Hund. Anscheinend hatte man sich entfernt und belagerte lieber den Kühlschrank.

Doch woher kam der Höllenmief? Ich folgte meinem Näschen und hielt ich plötzlich eine unscheinbares kleines Päckchen in der Hand.

Was auch immer es war: Diese Postsendung stank buchstäblich zum Himmel. Doch was in aller Welt konnte es sein? Der Aufkleber verhieß Übles: Ich hatte mir unlängst aus Recherchegründen Informationsmaterial von CDU und CSU schicken lassen.

Ich riss das unheilvolle Ding auf und schon purzelten mir diverse Flyer, Broschüren und Postillen entgegen. Überall prangte das Antlitz der Kanzlerin von Deutschland und morgen der Welt und mein Magen krampfte sich spontan zusammen. Fürwahr kein schöner Anblick. AKK, Uschi von der Leyen und all die anderen Weiber aus dem Club der Teufelinnen, die erfolgreich die erforderlich Mindesthässlichkeit für den Reichstag erfüllten, grinsten mich teuflisch an.

Für ein Deutschland, in dem wir gut und gern leben? Ein mentales Brett aus dickster Mooreiche der fiesesten Sprüche und Flüche knüppelte auf mein leidgeprüftes Haupt hernieder. Häme, Hetze, die Demagogie des Klimawandels und der Co2-Abgabe, Energiewende, Internetzensur, Schweinegrippe, Vogelgrippe, Ebola und Corona-Hype, Migration, Maskenwahn, Maskenpflicht, Maskenfetisch und Maskenball, Versammlungs- und Denkverboten sonderten gelbgrünliche zum Himmel stinkende Schwaden ab. Ich holte mir schnell die Grillzange aus der Küche, schnappte mir die unschöne Post und beschloss, sie feierlich im Ofen zu verbrennen. Doch die verfluchten Höllensprüche wollten einfach kein Feuer fangen. Doch dann kam mir eine Idee. Mit Hilfe eines freundlichen katholischen Exorzisten habe ich das Teufelswerk von Satan befreit, eingeäschert und die Reste auf dem Friedhof verstreut. Apage Satanas. Nächste Woche besuchen wir gemeinsam den Reichstag. Und dann wird dort ausgetrieben, dass es nur so qualmt.

D'r Zoch kütt

Einmal im Jahr ist Karneval und das ist gut so. Denn mehr als einmal pro Anno lässt sich die fröhliche Narretei auch nicht ertragen und selbst dieses eine Mal ist mindestens einmal zu viel. In ein paar Monaten wäre es erneut an der Zeit dafür und es galt, der fünften Jahreszeit gut vorbereitet zu entkommen.

Wie rettet man sich vor der närrischen Jahreszeit, in der sich mit roten Plastiknasen dekorierte Quartalssäufer öffentlich mal so richtig einen auf die Lampe gießen und an viel zu kurz berockten, abgelagerten und hässlichen Hobby-Funkenmariechen herumfummeln?

Weg Nummer Eins: Man ergreift die Flucht ins Ausland und möglichst nach Rio. Da tanzen die ganze Zeit diese extrem knapp bekleideten brasilianischen Schnuckelschnitten bei sommerlichen Temperaturen zu Samba-Rhythmen durch die Straßen und sollen angeblich sehr zutraulich sein. Das macht das frohsinnige Treiben zu einem sinnlichen Unterfangen und ist somit durchaus akzeptabel.

Nummer Zwei: Man versteckt sich zuhause, zieht den Stecker von Radio und Fernseher und hat reichlich karnevalsfreien Alkohol, einen wohlgefüllten Kühlschrank ohne närrisches Gebäck wie Berliner oder Krapfen sowie Kopfhörer nebst einem Schwung guter Bücher parat.

Nummer Drei: Man greift zu allen verfügbaren Drogen, überwindet sich und macht den Blödsinn mit.

Ich habe mich in meiner Funktion als offizieller Karnevalshasser spontan für Variante Zwei entschieden. Ich mag diesen organisierten Massenfrohsinn nicht und hasse diese Billig-Kostüme aus dem Kik-Markt. Betrinken in Gesellschaft lehne ich generell ab. Es endet immer irgendwie peinlich unter den fiesen Blicken von Zeugen, die man hinterher besser beseitigt. Und das massenhafte Gegröhle von ollen musikalischen Frohsinnskamellen erfüllt meiner Meinung nach den Tatbestand der Ohrenvermüllung und irreversiblen Schädigung der Trommelfelle.

Vielleicht hätte der Gott der Miesepeter auch dieses Jahr eine gnädige Überraschung parat? So wie im letzten Jahr, als angeblich islamische Terroristen dem Karneval mit afghanischen Hochleistungsböllern aus amerikanischen Überproduktionen den religiös angemessenen Todesstoß versetzen wollten.

Ich setzte nicht auf Hoffnung und blieb bei Nummer Zwei. Mein Jahr würde dank freiwilliger Karnevalsquarantäne frei von Narretei bleiben und das war gut so. Bis...ja bis plötzlich das Telefon klingelte. Der Präsi meines Lieblings-Dart-Clubs war an der Strippe und verkündete voller Freude: „Wir sind dabei!"

Und dann trompetete er mit einer Karnevalströte akustischen Sondermüll in mein Telefon-Ohr.

„Herzlichen Glückwunsch!" kam meine Antwort lauter als sonst, da ich ein gewisses Taubheitsproblem in einem meiner Ohren verspürte. „Aber ohne mich!"

Was schon immer wie ein Glasscherbenfeld auf dem Radweg meines Lebens gelegen hat, ist meine gottverdammte Gutmütigkeit. Nach etlichen Bitten, Gejammer und Gezeter und Schleimerei hinsichtlich meines Ideenreichtums, meiner Kreativität, meines guten Geschmacks und diverser anderer höchst vorteilhafter Attribute sagte ich voller innerer Qualen zu. Es ist nicht leicht, ein Gott zu sein.

Kurz darauf war dann das erste Treffen der Dartclub-Helau-Exekutive. Die Mehrheit war dafür, dass es ein pompöser Motivwagen mit einem gigantischen Dartboard und einem Riesendart werden solle. Auch brauche man ein reichliches Sortiment an Zuckersteinchen und andere Geldverschwenderlis, um das Volk positiv einzustimmen und für den Dartsport zu begeistern. Meine Berechnungen ergaben, dass der Monatsbeitrag für den Club auf knapp 500 Euro pro Nase die Realisierung des Projekts machbar erscheinen ließe.

Die Enttäuschung war groß und würde noch größer, als ich mich dem Vorschlag politischer Themen verschloss. Merkel auch noch im Karneval? Igitt.

Die Idee mit dem Kiffer-Wagen mit entspannt geworfenen Freijoints für alle war schon besser, aber in Anbetracht der jugendlichen Umzugsteilnehmer nicht unbedingt der optimale Durchführungsweg.

Nach einigem Grübeln erzielten wir eine Einigung. Das Los sollte entscheiden. Wir schrieben ein Dutzend spaßiger und zugleich durchführbarer Ideen auf kleine Zettel und hatten einen Gewinner. Wir gingen gemeinsam spontan als Winnie Pooh-Gruppe, den ganzen Körper flächendeckend orange bepinselt und mit nichts weiter als einem roten Piquee-Hemd, geringelter Wintermütze und orangefarbenen Moonboots bekleidet. Jeder trug einen Honigtopf, in den er mit großer Freude hineingriff und die Menge mit ökologisch einwandfreien, klebrigen Bio-Bienenkotze-Bonbons bewarf. Das Volk war begeistert und jubelte. Nun gut...es war der kälteste Karneval seit Jahrzenten und der gute alte Satz, wonach der, der lang hat, auch lang hängen lässt, karikierte sich selbst. Egal. Nächstes Jahr dürfen wir leider nicht mitmachen, obwohl wir zur beliebtesten Gruppe gekürt wurden. Immer diese Neider. Nicht einmal sein Karnevalsvergnügen kann man in Ruhe genießen. Aber so sind die Deutschen eben. Alles Neidhammel und Sauertöpfe.

Jehova! Jehova!

Immer wieder sonntags, insbesondere in den frühen Morgenstunden, ist höchste Vorsicht geboten. Dann sind sie wieder unterwegs auf der Jagd nach Seelen, die unermüdlichen Kriegerinnen und Krieger des Wachturms. Wehe dem, der durch heftiges Sturmklingeln aufgerüttelt, zur Tür stürmt und Ausschau nach einer Feuersbrunst oder Schlimmerem hält.

Vor etlichen Jahren, nach einer wilden Partynacht, einer Stunde Schlaf und mit dem dicksten Schädel des Jahrhunderts machte ich den Fehler, warf mir meinen schwarzen Kimono über und riss die Tür auf.

Ich nenne sie in Ermangelung konkreten Wissens einfach mal Hanni und Nanni. Alt, hutzelig, mindestens 80 Lenze auf dem Buckel, eine mit schiefem Gesicht, das auf einen überstandenen Schlaganfall hinwies und beide voller Mottenpulvermief wie seinerzeit Omis ollen Klamotten in ihrem Großmutter-Kleiderschrank.

„Echt jetzt?" brummelte ich. „Och nööö."

„Glauben Sie an Gott?" nuschelte die eine Mumie.

„Mädels!" motzte ich. „Es ist Sonntag in aller Herrgottsfrühe. Ich gebe Euch den guten Rat: Haut ab. Und kommt nicht wieder. Sonst setzt es was."

Dann schmiss ich die Tür zu, mir eine Handvoll ASS ein und verschwand wieder im Bett.

Als ich früh am Abend erwachte, erinnerte ich mich verschwommen an die beiden Omis und überkam mich die Erkenntnis: Die kommen wieder. Doch was konnte man gegen das Jehova-Volk unternehmen? Da half nur eins: Nicht verzagen – Bibel fragen. Und so konsultierte ich das Buch der Bücher und stellte mir einen Fragenkatalog zusammen, der Abhilfe zu schaffen versprach.

Es war einige Jahre später und Hanni und Nanni weilten mittlerweile irgendwo zwischen Jehovahausen und dem Jahwe-Paradies. Wir waren mittlerweile in eine andere Wohnung umgezogen. Ich ahnte, dass ich dem Schicksal nicht entgehen würde, hatte meine Liste im Regal geparkt und war entsprechend gut gerüstet.

Es kam, wie es kommen musste.

Dring. Dring. DRINGDRINGDRING! Sonntag. Sehr früh. Frau im Urlaub. Freie Bahn für freie Bosse. Es waren definitiv nicht Hanni und Nanni. Es waren Ernie und Bert. Beide im adretten Anzug in einem belebenden Aschgrau, weißes Hemd, grauer Schlips und mit dem unvermeidlichen „Wachturm" in den Klauen. Beide lächelten megabreit und zeigten alle verfügbaren Zähne. Meine beiden Schoßhündchen Hades und Brutus standen mir bei und intonierten ein warnendes Knurren, welches das Grinsen der beiden Sesamstraßenkumpane erstarren ließ.

„Entschuldigen Sie bitte?" murmelte Bert. Er war der längere und anscheinend schüchternere von beiden.

„Jaaaa?" antwortete ich.

„Dürfen wir mit Ihnen über Gott sprechen?" sprudelte es über die Lippen des erheblich kleineren Pummelchens. Ich wunderte mich, dass Ernie weder sein Quietsche-Entchen noch einen Keks bei sich hatte. Auch vermisste ich das Krümelmonster. Aber die Zeugen durften wohl keine Monster mit sich führen.

„Kleinen Moment", erwiderte ich. „Ich ziehe mir nur schnell mal was über."

Dann schloss ich die Tür. Ich bin altertümlich, aber empfange grundsätzlich keinen Besuch dubioser Herren, wenn ich nicht korrekt gekleidet bin.

Ich stürmte in mein Allerheiligstes und meinen Anzug, entzündete ein Räucherstäbchen, platzierte meine dekorative Kristallkugel gut sichtbar im Regal, die Teetassen sowie die guten Butter-Kekse auf meinem kleinen, runden Tisch und meine kleinen Rottweiler-Knuffelchen neben meinem Lieblingssessel. Schließlich weiß man ja, was sich für einen guten Gastgeber gehört. Dann eilte ich wieder zur Tür, öffnete und musterte erneut das Grinsekatzen-Gespann.

„Dann mal herein mit Euch, Jungs", forderte ich das Sesamstraßenduo auf und wies ihnen den Weg in meine Wohnhöhle. Sie musterten den Raum, schnüffelten den Weihrauch, sahen die Glaskugel und warfen sich ängstliche Blicke zu.

„Macht es Euch mal bequem", forderte ich sie auf.
Ernie und Bert umgingen meine kleinen Hundeschätzchen weiträumig und bekamen daher wie beabsichtigt die unkomfortablen, durchgesessenen Sessel mit den Wackelbeinen. Ich gebe zu, dass es mir Freude bereitete, die frommen Burschen von der einen Gesäßbacke auf die andere hin- und her wackeln zu sehen, als ob sie auf Reißzwecken gesessen hätten.

„Alles gut?" erkundigte ich mich freundlich und bekam ein eher verkniffenes Lächeln als Antwort.

„Ihr wolltet mit mir, wenn ich mich recht besinne, über Gott sprechen?" fragte ich.
Erneutes Nagelbrett-Lächeln.

„Kennt Ihr Euch denn damit aus?" hakte ich nach.
Die beiden nickten bejahend.
Ich schenkte Tee ein und verwies auf die Kekse.

„Also ICH habe davon ja gar keine Ahnung", gab ich bekannt. „Es ist fein, dass mir endlich jemand meine Fragen beantworten kann. „Ich habe einiges gelesen aber irgendwie fehlt mir da noch der Durchblick."
Erni und Bert entspannten sich wieder und lächelten erst sich und dann mich an.

„Ich bin mir sicher, dass wir Ihnen da weiterhelfen können", stellte Bert fest und Erni nickte beifällig.

„Ihr von den Zeugen seid doch alttestamentarisch aufgestellt. Also Moses und Co. Sehe ich das richtig?" wollte ich wissen.

„Allein das sind die Worte des Herrn!" plappert Ernie los. Nur sein typisches „HrchHrchHrch" fehlte.

„Dann könnt Ihr mir bestimmt helfen", äußerte ich meine Hoffnung. „Es geht mir vor allem um die sogenannten Gräueltaten, die genau definiert werden und diejenigen sanktionieren, die sie begehen. Schließlich will man ja alles richtig machen. Ich zitiere mal eben den guten alten Leviticus."

Ich atmete tief durch und konsultierte meine Liste.

„In Leviticus 18,29 steht, dass alle, die irgendeine sogenannte Gräueltat begehen, aus der Mitte ihres Volkes ausgemerzt werden müssen. Ist das so?"

Die beiden schauten erst mich und dann sich an, schluckten, schauten wieder auf mich und nickten.

„Bei Leviticus 18,22 steht, dass wenn jemand einen homosexuellen Lebenswandel pflegt, es sich dabei um ein Gräuel handelt. Wer genau merzt solche Lümmel und auf welche Art und Weise aus?"

Die Frage war den beiden sichtlich unangenehm. Ernie griff spontan nach Berts Hand, brach die Aktion jedoch ab und errötete.

„Äh...das gilt nicht, wenn man es nicht praktiziert", stammelte Bert, der auch rot geworden war.

„Gut zu wissen", stellte ich für mich fest, tätschelte Brutus das Haupt, nahm einen Keks und nippte an meinem Tee. „Aber ist es nicht so, dass Homosexuelle nicht ins kurz bevorstehende Paradies kommen, sondern in Armageddon vernichtet werden?"

„Damit kennen wir uns nicht so aus", murmelte Bert und drehte betreten seinen Freundschaftsring hin und her, der dem Ernies wie ein Ei dem anderen glich.

„Nun probiert doch mal Euren Tee", versuchte ich ihn zu entspannen. „Oder mögt Ihr keinen Tee?" erkundigte ich mich, „Vielleicht lieber etwas Hochprozentiges? Brandy? Whiskey? Gin?"

Man lehnte ab. Jehova mochte wohl keinen Schnaps.

„Also gut. Dann eine nicht-schwule Frage. In Exodus 22,15 steht geschrieben: Wenn jemand ein noch nicht verlobtes Mädchen verführt und bei ihm schläft, dann soll er das Brautgeld zahlen und sie zur Frau nehmen. Gibt es da eine Mengenbegrenzung?"

„Äh…wir sind nicht verheiratet", sprach Ernie und sank tiefer und tiefer in seinen Sessel und Bert nickte heftig. Nun gut: Das hatte ich mir eh gedacht.

„Nun…wie Ihr meint. Machen wir weiter. Bei Exodus 35,2 geht es um die Samstagsarbeit. Wisst Ihr: Ich habe einen Nachbarn, der tatsächlich am Samstag arbeitet. Bäcker oder so. Also eine echte Gräueltat. Bin ich verpflichtet, ihn eigenhändig zu töten?"

Ernie und Bert erbleichten.

„Und stellt Euch nur vor: Der Mann lässt sich sein Haupt- Bart- und Schläfenhaare schneiden, obwohl das bei Leviticus 19,27 mit Todesstrafe geahndet wird. Welche Todesart haltet Ihr für angemessen? Und wer vollstreckt sie? Wie haltet Ihr das denn so in Eurer Gemeinde?"

„Äh…wir müssen gleich los", quasselte Ernie hektisch los. Bert nickte. Und gerade, als sich die beiden erheben wollten, setzten meine Wauzis ein höchst intensives Knurren an.

„Bitte bleibt doch noch einen Moment. Es gibt so vieles, was ich nicht verstehe. Und wenn ich schon einmal Experten hier habe? Das muss ich doch nutzen", bat ich und freute mich, als beide wieder in die Sessel sanken und Schweiß auf der Stirn entwickelten.

„Bei Leviticus 19,19, 24,10-16 geht es weiter. Wisst Ihr: Mein Onkel hat in seinem Kleingarten zwei verschiedene Saaten auf ein und demselben Feld anpflanzt. Auch flucht und lästert er immer wieder. Darüber hinaus trägt seine Frau Kleider, die aus zwei verschiedenen Stoffen gemacht sind. Müssen wir die beiden im Rahmen der nächsten Vollversammlung steinigen? Oder ginge das im Rahmen einer zeremoniellen Verbrennung familiärer, so wie bei den Leuten, die mit ihren Schwiegermüttern schlafen?"

„So etwas kommt bei uns eigentlich nicht vor", nuschelte Bert.

„Ist ja nicht so schlimm", beruhigte ich ihn. „Obwohl ich das wirklich interessant finde. Na gut. Ihr könnt ja bitte mal bei einem Eurer Chefs nachfragen. Ach ja: In Exodus 22,17 steht: Eine Hexe sollst du nicht am Leben lassen. Gilt das auch für Politikerinnen? Ihr wisst ja…Immunität und so."

Betretenes Schweigen und Hin- und Herrutschen.

„Wisst Ihr also auch nicht. Mmm…was nehme ich denn jetzt mal? Ah: Exodus 22,19. Wer einer Gottheit außer Jahwe Schlachtopfer darbringt, an dem soll die Vernichtungsweihe vollstreckt werden. Gilt das auch für Moslems bei ihrem Opferfest?"

Weder meine Hündchen noch ich hätten Ernie und Bert diesen Blitzstart zugetraut. Aber sie hatten ja gesagt, dass sie es eilig hätten. Hoffentlich kommen sie bald mal wieder vorbei. Ich habe da nämlich noch ein paar Fragen offen. Ach ja: Angeblich dreht Scientology zurzeit die Runde im Viertel. Höchste Zeit für eine neue Liste. Man sollte stets gut vorbereitet sein.

Der Komet kommt

Neulich im Rundfunk: " Liebe Bürgerinnen und Bürger: Experten warnen vor Komet-Einschlägen. Bitte retten Sie sich. Gehen Sie schnell nach Hause und schließen Sie sich ein!"

Bürger 1: "Widerstand gegen diktatorische Anordnungen ist oberste Bürgerpflicht! Wir lassen uns nicht einfach unterbuttern!"

Bürger 2: "Immer diese Panikmache. Kometen sind bisher noch nie in bewohnten Gebieten eingeschlagen.

Bürger 3: "Statistisch stirbt doch kaum jemand durch Kometen!"

Bürger 4: "Der Komet wurde absichtlich umgelenkt. Die wollen uns alle ausrotten!"

Bürger 5: "Eine gesunde Lebenseinstellung, positives Denken und Vitamin D in Hochdosierung helfen immer und garantiert auch bei Komet-Einschlägen.

Bürger 6: "Nur alte und langsame Bundesbürger mit schlechter Kondition sind durch einen Komet-Einschlag gefährdet und die wären sowieso früher oder später sowieso konventionell verstorben!"

Bürger 7: "Es ist überhaupt noch nicht klar, ob jemals jemand durch einen Komet-Einschlag gestorben ist. Ich akzeptiere es erst, wenn eine Obduktion vorliegt!"

Bürger 8: "Der Komet ist nur vorgeschoben. Was will man uns verheimlichen? Ich bin mir sicher: Außerirdische. Die Invasion läuft!"

Bürger 9: Prof X und Doktor Y erklären auf Youtube, dass Kometen auch nur Menschen sind und als neue Gender anerkannt werden müssen.

Bürger 10: "Was haben die Medien davon, wenn sie uns warnen und wer profitiert davon? Wir werden doch alle nur verarscht! Das ist meine Meinung und schließlich besteht Meinungsfreiheit!"

Gregor Gysi: „Endlich schlägt ein Komet in Deutschland ein und rottet alle Nazis aus.

George Soros: „Trump ist an allem schuld. Und Putin auch. Und natürlich der Orban. Wenn wir die beseitigen, wird alles gut. Und es gibt demnächst einen neuen Kometen-Hedgefonds."

Bill Gates: „Die neue Kometen-Schutzimpfung für 8 Milliarden Menschen ist in Vorbereitung. Für Menschen ohne Anti-Kometen-Impfpass kommt das lebenslanges Ausgangsverbot."

Das RKI: „Bill Gates hat Recht. Die Impfpflicht muss her. Impfungen gegen Kometen müssen sein. Und gegen Sonnen-Eruptionen und schwarze Löcher."

Die Bundesregierung: „Die Reichsbürger sind an allem schuld. Daher herrscht Wahlpflicht für alle ab 6 Jahren. Es wird eine Kometensteuer, Schutzmaskenpflicht, den Kometen-Chip und eine App geben."

Urlaub-Coronesque

Was macht der Boss, wenn er dringend Urlaub benö-
tigt, aber nicht aus dem Lande darf, weil irgendwelche
Spaßvögel eine Epidemie postulieren und allen quasi
Menschen Haus- bzw. Landesarrest verordnet haben?
Zuerst einmal wundert er sich über die Blödheit der
Menschheit insbesondere der Deutsche, die es mal-
wieder geschafft haben, auch dem größten Schwachsinn noch eins draufzusetzen. Wie auch immer. Mir
stand der Sinn nach gepflegtem Familienurlaub. Ergo
beraumte ich den Familienrat an.
„Meine Lieben!" begann ich.
Perfect Wife und Terror-Krümel-Tochter musterten
mich kritisch. Meine Chancen auf Erfolg waren somit
eher durchwachsen.
„Mir steht der Sinn nach einem Familien-Urlaub,
wenn auch nur von kurzer Dauer. Doch besser kurz
als gar nicht. Oder?"
„Bist Du irre?" fuhr mich „Perfect Wife" an. „Zur
besten Coronazeit mit Versammlungsverbot?"
„Du spinnst, Papa!" trug die Tochter zur allgemeinen
Eskalation bei. „Und außerdem will ich hier nicht
weg. Wozu habe ich das Handy und die Playstation?"
Das Argument hatte Gewicht, aber ich hatte es bereits
in meine Planung einbezogen.
„Alles wird gut, mein kleiner haploider Chromoso-
mensatz", beruhigte ich meinen Ableger. „Lasst Euch
einfach überraschen. Es gibt ein volles Programm der
Superlative. Versprochen."
„Ich will nicht", rebellierte der Nachwuchs. „Blöde
Idee. Mist-Drecks-Idee. Ich hasse Dich!"
Somit wusste ich, dass ich auf dem richtigen Pfad war
und trollte mich zur Planung ins Arbeitszimmer.

Nachdem die Reiseroute festgelegt und die Eventplanung abgeschlossen war, trollte ich mich ins Bett, um noch ein wenig Schlaf einzunehmen, denn Reisende starten normalerweise früh.

Morgens um 06.00 rappelte mein Wecker. Eigentlich akzeptiere ich keine Geräuschlichkeiten vor 10.00 Uhr geschweige denn Termine vor 12.00 Uhr, musste aber leider eine Ausnahme machen. Der frühe Wurm vögelt und es galt, noch die eine oder andere Kleinigkeit vorzubereiten. Also ab in die Küche und flugs das Frühstück bereitet, um die Damen des Hauses milde zu stimmen.

Nach mehreren Anläufen hatte ich um 09.00 Uhr die verschlafenen Mädels in moderater Urlaubskleidung im Flur versammelt.

„Muss das wirklich sein?" kommentierte „Perfect Wife" und verdrehte die Augen, während Tochterkind das Handy plärren ließ.

„Ja. Das muss es", gab ich zurück und beschlagnahmte das Handy. Zugegeben: Es war nicht die beste Idee, denn das folgende Geplärre aus dem Munde der Brut war bei weitem schlimmer als das Störgeräuschgewitter aus dem töchterlichen Seelenfänger. Auch die wütenden Blicke trugen nicht zur allgemeinen Entspannung bei. Ich wäre noch gewillt gewesen, das alles wegzustecken, doch als sie sich in meiner Wade verbissen hatte und nicht mehr abzuschütteln war, retournierte ich die technische Krachmaschine mit der Auflage, gefälligst die Kopfhörer einzustöpseln.

„Erster Reise-Programm-Punkt (RPP), meine Lieben:

09:00 Uhr: Abreise ab Flurbereich.

09:05 Uhr: Ankunft in der Küche zum gemeinsamen Frühstück mit Cornflakes, Aufbackbrötchen, Eiern, Schinken, Kaffee, Kakao und frisch gepresstem Orangesaft.

Es gilt als bewiesen: Verfressenheit kann ein guter Verbündeter sein und ein leckeres Frühstück die wildesten Gemüter wieder besänftigen. Gefräßiger Stille folgte eine gewisse Zufriedenheit.

„Nun denn meine Lieben. Nun, wo wir alle gesättigt sind, kommen wir zum ersten Kreativ-Tagespunkt. Nach dem ersten gemeinsamen Frühstück seit Monaten besuchen wir die verschiedenen Attraktionen und Kulturprogramme der Ferienfreizeit."

„Hä?" rebellierte man vorsorglich. Doch als ich den nächsten PP verkündete, war Interesse ausgelöst.

10.00 Uhr: Töpfern im Treppenhaus.

Ich hatte in der Nacht vorsorglich die alte Töpferscheibe aus dem Keller geholt, drei Schemel, mehrere Klapptische und 10 Kilo Ton vor der Wohnungstür bereitgestellt. Ab 10.30 schnurrte die Töpferscheibe brav vor sich hin und wir versanken im Schmadder. Die verschlafene Nachbarin, die kurz aus ihrer Höhle schaute und missbilligend den Kopf schüttelte, ignorierten wir geflissentlich. Niemand mag Muffel, die einem den schönsten Urlaub vermiesen wollen.

Nichts ist schöner als das beruhigende Surren einer Töpferscheibe. Die Realität zeigt, dass es viel entspannender ist, mit einer Scheibe zu töpfern, anstatt wie die wilde Wutz immer im Kreise um einen Klumpen Ton herumrennen zu müssen. Auch ist es herrlich, der eigenen Kreativität freien Lauf zu lassen und un-

mittelbar zu erleben, wie etwas „eigenes" entsteht.
Von wegen „Entfremdung der Arbeit".
Nachdem etliche lustige anatomisch inkorrekte Tassen
und Pötte die Scheibe verlassen und die Treppenstu-
fen flächendeckend vollgekleckert, verklumpt und
vertont worden waren, ließ die Kreativität nach.
„Hunger", murrte die Tochter und „Perfect Wife"
stimmte zu. Ich verkündete den nächsten RPP.

13:00 Uhr: Mittagessen in der Küche

Nichts geht über eine leckere Lasagne mit einem Berg
frisch geriebenen Parmesans und knuspriger Ciabatta.
So etwas stimmt auch das wildeste Wolfsrudel gnädig.
Nach leichter Verdauungstätigkeit verkündete verlas
ich den folgenden RPP.

14:00 Uhr: Bücherlesung in der hauseigenen Biblio-
thek aus den Werken von Barthle B. Boss.

Ich hatte eine Vorahnung gehabt und hätte den Vorschlag besser gelassen. Merke I: Voller Bauch studiert
nicht gern. Merke II: Als ob die beiden jemals etwas
von meinen Werken gelesen hätten? Ich Narr, ich.
Ich zückte einen Zylinderhut und forderte die Tochter
auf, den nächsten PP ohne Schmulen blind zu ziehen.
Sie verweigerte sich. Doch ich hatte eine Alternative:

14:00 Uhr: Besuch des Streichelzoos im Esszimmer.

Nachdem wir unsere Kaninchen in ihrem Gehege aus-
giebig bespaßt und gefüttert hatten, wagte ich es, den
nächsten Punkt ins Rennen zu bringen.

14:30 Uhr: Die Bergtour

Stolz präsentierte ich mein „Camp Boss", dass ich in meinem Privatgemach aufgebaut hatte. Alle bekamen Ihre Ausrüstung bestehend aus Rucksack, Bergsteigerhelm, Karabinerhaken, Seil und Wanderstock. Nach der erfolgreichen Besteigung der Kleiderschrank-Nordwand ohne personelle Verluste gönnten wir uns eine Siesta auf der Schrankspitze im Steilwandzelt, das ich in der Nacht aus meiner alten Strandmuschel gebastelt hatte. Die Schokoriegel und die Ruhephase auf den Isomatten und Schlafsäcken ließen uns wieder zu Kräften kommen. Es war an der Zeit für den nächsten RPP.

16.30 Uhr: Feierlicher Abstieg über die gefährliche Schrank-Südwand. Danach Besuch der Wohnzimmer-Alm, wo Tiroler Speck, Bauernbrot und Limonade auf uns warten. Anschließend Freizeit zur Besichtigung der prachtvollen Tapeten und Prunkgemälde in den Korridoren der Wohnung.

„Donnerwetter", stellte Perfect Wife" fest. „So ein Urlaub tut wirklich gut, strengt aber auch höllisch an." Ich wusste, dass der Muskelkater vorprogrammiert war, sie aber in der Nacht wirklich tiefsten Schlaf nach all der Bewegung würde genießen können.
Nach dem leckeren Alpenimbiss, den wir als Abendbrot werteten, kam der unvermeidliche Folge-RPP.
„Mir tun alle Knochen weh", wehklagte Perfect Wife.
Doch ich war bestens darauf vorbereitet.

18:00 Uhr: Chillen in der Boss-Wellness-Oase

Ich hatte auf dem Balkon im Grill eine Fuhre Lavage-stein erhitzt, damit meinen Guss-Bräter im Badezim-mer gefüllt, mit Wasser besprüht und freute mich über den Dampf. Dann kam der Sliwowitz-Aufguss und tat seine entspannende Wirkung.

„Das machen wir ab jetzt jedes Wochenende", be-schlossen Tochterkind und „Perfect Wife" unisono. Dann schleppten sie sich entspannt in ihren flauschi-gen Bademänteln aus der Saunaidylle.

„Und was kommt jetzt?"

19:00 Uhr: Gemeinsamer Filmeabend im Boss-Kino

Nach einer gewissen Beharrlichkeit der Tochter sahen wir uns drei Harry Potter Filme an, während die Pop-cornmaschine Berge von Knusperkörnern ausspuckte, die Colaströme nicht versiegten und uns keine lästigen Kinobesucher in die Filme hineinquatschten.

22:30 Uhr: Die Rückreise

Gott sei Dank war die Rückreise harmonisch, ohne Zwischenfälle und kurz. Wir schmissen das Gepäck in die Ecke, gönnten uns noch einen kleinen Absacker und dann den letzten RPP:

23.00 Uhr: Nach anstrengendem Tag Einchecken in den Schlafzimmern

Nächste Woche verreisen wir wieder. Dann entschei-den die Damen darüber, wo es hingeht. Es wird be-stimmt toll werden.

Maskenaffen

Ich konnte meinen Augen nicht trauen, als ich mir meinen obligatorischen frühmorgendlichen Blick aus dem Fenster gönnte: Die heimische Welt war anscheinend wie über Nacht von Exoten primatischen Ursprungs überflutet worden zu sein. Doch ausgerechnet das in ausgerechnet unseren mit eher moderaten Temperaturen versehenen Breitengraden?
Ich schmiss den Rechner an und gönnte mir neben meinem Gute-Laune-Kaffee aus der Riesen-Boss-Tasse eine Rechercheeinheit, um meinen Verdacht zu überprüfen. Wenn meine Befürchtungen stimmten, dann waren wir gerade Opfer einer invasiven Art geworden. Kurz darauf war ich fündig geworden.

Maskenspringaffen leben im südöstlichen Brasilien an der Atlantikküste. Ihr Verbreitungsgebiet umfasst den Süden von Espírito Santo, den Osten von Minas Gerais und den Norden von Rio de Janeiro. Ihr Lebensraum sind die Küstenwälder.

Ha! Ich hatte es doch gewusst. Von wegen Norddeutschland. Brasilien wäre es gewesen. Und Küstenwälder? Wo denn? In Meck-Pomm vielleicht? Irgendetwas lief hier grundlegend schief. Ich las weiter.

Maskenspringaffen zählen zu den größeren Springaffen. Sie erreichen eine Kopfrumpflänge von 31 bis 42 Zentimetern, der Schwanz ist mit 42 bis 56 Zentimetern deutlich länger als der Körper. Das Gewicht beträgt 1,0 bis 1,6 Kilogramm, wobei die Männchen geringfügig größer sind als die Weibchen. Das Fell ist lang und dicht, die Hinterbeine lang, der Kopf klein und rundlich.

Aha. Es machte ganz den Eindruck, als ob die Exemplare, die auf unserer Straße ihr Wesen trieben, erheblich größer als die Original-Brasil-Maskenaffen zu sein schienen. Ich schätzte sie vorsichtig auf bis zu 180 Zentimetern und bis zu 100 Kilo. Sollte es sich um eine Mutation handeln?

Namensgebendes Merkmal ist der schwarz gefärbte Kopf, an den Wangen befinden sich lange, bartähnliche, ebenfalls schwarze Haare. Der Rest des Körpers ist gelbbraun oder orange gefärbt.

Ich war verwirrt. Meine Exemplare verfügten zwar über Masken, doch die waren keinesfalls schwarz geschweige denn bartähnlich. Ich holte meinen Feldstecher und ging der Sache detailgenau nach. Eindeutig: Diese Masken waren hell, manchmal geblümt und mit seltsamen Lamellen versehen. Sehr seltsam, die ganze Angelegenheit. Dann erfuhr ich kurioses.

Der lange Schwanz ist gleich gefärbt wie der Körper, er kann nicht als Greifschwanz eingesetzt werden.

Das mit dem Greifschwanz hätte mir gut gefallen. Ich würde selbst allzu gern über so ein Ding verfügen. Es bot bestimmt ungeheure Möglichkeiten. Meine Straßen-Maskenaffen schienen völlig schwanzlos zu sein. Was gab mein Freund Internet noch so alles preis?

Maskenspringaffen sind wie alle Springaffen tagaktiv und halten sich zumeist in den Bäumen auf, sie kom-

*men sehr selten auf den Boden. Im Geäst bewegen sie
sich auf allen vieren fort, oft springen sie auch.*

Unbestätigt. Die Bäume vor unserem Haus wurden
von den Primaten völlig ignoriert. Kein fröhliches
Herumtollen. Aber wahrscheinlich war die deutsche
Spezies einfach zu fett für solche Aktivitäten.

*Sie leben in Familiengruppen, die ein Männchen, ein
Weibchen und den gemeinsamen Nachwuchs umfas-
sen. Die beiden Partner sind monogam, sie bleiben oft
ein Leben lang zusammen.*

Bestätigt: Manche der possierlichen Primaten verhiel-
ten sich sehr menschenähnlich. Sie trugen eindeutig
Menschenkleidung und manche transportierten ihre
Nachkömmlinge in Kinderwagen.

*Maskenspringaffen sind territorial. Mit Duettgesän-
gen machen sie Artgenossen auf Revier aufmerksam,
es kann auch zu aggressiven Begegnungen kommen.*

Auch das kann ich nur bestätigen. Der Besuch beim
EDEKA nebenan hat es gezeigt: Aggression pur.
Nicht-Maskenaffen wurden gezielt weggebissen, mit
PuPu beworfen und absurd klingenden Kreischlauten
in die Flucht geschlagen. Ich habe mich mit der Uni-
versität zusammengetan. Der Forschungs-Etat für den
neuen Lehrstuhl für Primatenkunde wurde bereits be-
willigt, ich habe einen schmucken Professoren-Titel
und Bezüge, die ihresgleichen suchen. Zusammen mit
meinem Doktor-Titel von EBAY bin ich nun optimal
für eine politische Karriere aufgestellt. Wahrscheinlich bei den GRÜNEN. Denn da geht alles. Wetten?

Der kleine Blockwart

Es ist mit den Nachbarn wie mit der Verwandtschaft. Man kann sie sich nur sehr bedingt aussuchen. Nun ist es eine unumgängliche Tatsache, dass Menschen älter bis sehr alt werden und normalerweise irgendwann von ihrem Recht auf Ableben Gebrauch machen. Manche werden auch vorher in diverse geriatrische Einrichtungen zur artgerechten Haltung für Halb- oder auch Ganzsenile überstellt.

Seit Fräulein Spelsberg I und II aus dem Nachbarhaus von uns gegangen waren, hatte sich einiges verändert. Nun gut: Sie waren kein schöner Anblick mehr gewesen und hatten auch ziemlich streng nach Mottenpulver gemüffelt. Die tierlieben alten Spelsberg-Twins hatten stets Schälchen voller Katzenfutter auf dem Hof platziert und so zu Nahrungsversorgung einer erstaunlich ansteigenden Rattenpopulation beigetragen. Auch die reichlich verstreuten Haferflocken für die gurrenden Dachratten waren für uns kein Quell der Freude gewesen. Doch sie hatten ein gutes Herz gehabt, waren leise und verträglich gewesen und insgesamt niemandem allzu sehr auf die Pelle gerückt. Tempora mutatur. Die Zeit ändert sich.

Es zogen im Haus gegenüber neue Menschen in Form der Familie Klawitter ein. Papa, Mama und Marvin-Justin Klawitter wurden sofort in die Herzen der Nachbarschaft geschlossen und integriert. Ganz so, wie es sich gehört. Doch leider erwies sich Erstklässler Marvin Justin als vorbildliches Exemplar der neuen Heilslehren der deutschen GROKO-Republik. Seit er erfahren hatte, dass es ein vom Menschen gemachtes, böses, schädliches Klimakillergas geben solle, dass dafür Sorge trug, dass ganze Inseln, um nicht zu sagen Kontinente, politisch korrekt unter Wasser zu versinken hatten, war seine Empörung geweckt worden. Seine ganz private Heldin war Klima-Gretel, die mit ihren Rattenschwanz-Zöpfen durch das Land und die Hirne der Jugend propellerte, um quäkend ihre Weltuntergangs-Botschaften zu verkünden.

Marvin Justin mutierte zum Klima-Blockwart und verpetzte alle und jeden, die nicht der neuen Doktrin entsprachen. Es konnte also passieren, dass sich der kleine Klima-Aktiwichtel direkt neben den Müllcontainern platzierte und den Mülleintrag observierte und peinlich genau in einer Kladde dokumentierte.

Marvins Papa war ebenfalls eine Bereicherung für das Viertel. Der hauptberufliche Freund und Helfer war einfach unermütlich in seinem Einsatz für Recht und Ordnung, weshalb er nach Dienst durch die Straßen patrouillierte und unbarmherzig jedem Falschparker ein Knöllchen unter den Scheibenwischer quetschte. Darauf angesprochen antwortete er immer mit einem charmanten Lächeln und markiger Stimme: „Ein Polizist ist immer im Dienst, Sie Zivilist!" und ging seiner Wege, um unsere Straßen uneigennützig zu einem sichereren Ort zu machen.

Klein Marvin Justin hatte seine Zeit gut genutzt und den Cafe-Bereich der Bäckerei Riemann zu seinem Hauptquartier erklärt. Dort konnte er uns Plunder- noch einfacher observieren als auf der Straße und bekam die Neuigkeiten via Dorftratsch frei Haus geliefert. Und nicht nur das: Dank des Marktwertes seiner eigenen Informationen wurde er von den alten Damen aus der Nachbarschaft mit Kochen und Schokolade so vollgestopft, dass er zu platzen drohte. Und da hatten wir sie endlich, seine Achilles-Ferse: Die Naschhaftigkeit.

„Na Marvin?" sprach ich den kleinen Lümmel beim Brötchenholen bei Riemann an. „Wie läuft das Observationsgeschäft?"

„Super, Herr Boss", kam die Antwort.

„Irgendwelche Neuigkeiten in der Verbrechensbekämpfung?" hakte ich nach.

Marvin zeigte schweigend bedeutsam auf die Käsesahnetorte im Kühltresen.

„Einmal Käsesahne für meinen Freund", instruierte ich die Verkäuferin. Kurz darauf war das Eis gebrochen und die kleine Spitzel-Plunder-Plaudertasche plapperte, dass es nur so eine Freude war. Irgendwann verabschiedete ich mich von meinem neu gewonnen kleinen Kumpel, weil mir der Kopf dröhnte.

Dass ausgerechnet die alte Frau Schmittke (84) etwas mit Herrn Kwiatkowski (27) hatte, das war mir neu gewesen. Auch das sich meine alte Freundin, die fanatische grüne Oberveganerin und Planetenretterin Litmanowski-Schnarrenpflug per Spezialversand mit Steaks und Schinken versorgen ließ, war für mich ein unerwarteter Quell der Freude gewesen. Herr Kalinke rauchte heimlich im Keller und seine Frau soff den kleinen Mümmelmann literweise. Und was ich über Fräulein Müller erfahren habe, beschert mir immer noch rote Ohren. Nur das, worauf es mir wirklich ankam, schlummerte weiterhin im Verborgenen. Ich würde anscheinend noch mehr investieren müssen.

„Sag mal, Marvin-Justin", fragte ich meinen kleinen Kumpel bei einem Stück Sachertorte. „Möchtest Du nicht Deinen Papa ganz doll stolz auf Dich machen?"

Das kleine Tortenmonster nickte begeistert.

„Dann musst Du mal Deinen Papa observieren. Und dann überraschst Du ihn damit. Wie ein richtiger Agent. Dein Papa wird vor Stolz platzen. Wetten?"

Der kleine Geheimdienstler legte die Stirn in Falten und grübelte. Dann stellte sich ein Lächeln ein.

„Hast Du eigentlich ein Handy, junger Mann?"

Stolz förderte die Jungstasi mit seinen kuchenverschmierten Fingern ein brandneues I-Phone zutage.

„Dann mach ganz viele Fotos. Wie ein echter Spion. Soll ich Dir das Handy mal richtig einrichten?"

James Bond Jr. nickte ergriffen. Ich schritt zur Tat und modifizierte einige Einstellungen. Und dann konnte es auch schon losgehen. Pestilenz Junior schnappte sich sein Handy und eilte davon, um das neue Spionageprojekt anzugehen. Streifendienst-Klawitter-Senior, wäre gern Kommissar bei der „Sitte" gewesen. Daher hatte es ihm die Dauerobservation von Noi's Thai-Massage-Paradies im Souterrain des Nachbarhauses wohl besonders angetan. Dort hoffte der Ordnungshüter, der gewerbsmäßigen Unzucht der umtriebigen Thailänderin, die als zugelassene Physiotherapeutin vornehmlich alten Leuten die Verspannungen wegknubbelte, ein Ende zu setzen. Doch Noi war einfach nicht zu fassen. Als Klawitter dann beschlossen hatte, sich selbst als V-Mann und Kunde in das Zentrum asiatischer Unzucht und Perversionen einzuschleusen, hatte er nicht mit seinem Nachwuchs gerechnet. Die kompromittierenden Bilder, die Marvin-Justin durchs Fenster schoss, als Papa mit nichts als guter Laune bekleidet Muskelentspannung durch Nois fachkundiger Hand empfing, landeten Boss-Einstellung und Kurzwahl sei Dank direkt in der Macht-Zentrale von Hauptkommissarin Hilde Klawitter. Ich will es kurz machen: Die Nachbarschaft hat mich heiliggesprochen. Jetzt bekomme ICH Gratiskuchen beim Riemann. Denn Klawitters sind fortgezogen. Und ist das Viertel wieder stasifrei. Endlich.

Der Politiker, der Wähler und der Freigeist

Politiker: „Gib mir 85% deines Geldes, oder ich werde dich mit meinen Gerichten, Polizisten und Behörden dazu zwingen."

Der brave Wähler: „Muss das wirklich sein?"

Politiker: „Ja. Das muss so sein. Also her damit. Du bist ein braver Bürger. Das mag ich so an Dir. Und nun die frohe Kunde: Ich mache das nur, damit ich gut für Dich sorgen kann. Nichts liegt mir so sehr am Herzen wie Dein Wohl. Ich schenke dir daher etwas sehr Wertvolles. Und zwar Freiheit und Sicherheit."

Der brave Wähler: „Das ist aber lieb von Dir. Darf ich das eine Solidargemeinschaft nennen? Sind wir dann alle so etwas wie eine große Familie?"

Politiker: „Aber gerne. Das sind wir. Und wir haben uns alle furchtbar lieb."

Der brave Wähler: „Ich freue mich. Dann bin ich bin jetzt Teil einer Solidargemeinschaft. Und frei bin ich auch noch."

Politiker: „Das hast Du gut erkannt, braver Wähler. Und nun gehe zu den anderen Wählern und verkünde die frohe Botschaft."

Der brave Wähler: „Hallo Leute! Hört doch nur: Wir sind Teil einer großen Familie. Und wir sind frei. Und unser neues Familienoberhaupt nimmt uns nur 85% unseres Geldes weg, um für uns zu sorgen."

Die Gemeinschaft der braven Wähler: „Was? Das ist ja ganz großartig! Wir wollen alle mit dabei sein. A-propos: Wie nennen wir uns?"

Der brave Wähler: „Wir sind eine Solidargemeinschaft!"

Die Gemeinschaft der braven Wähler: „Hurra!"

Politiker: „Gotcha!"

Die Gemeinschaft der braven Wähler: „Wie meinen?"

Politiker: „Ihr seid echte Gewinner, meine Freunde. Ich handle völlig uneigennützig. Nur für Euch!"

Die Gemeinschaft der braven Wähler: „Du bist so gut zu uns. Ein Heiliger. Und vielen Dank dafür."

Politiker: „Aber das mache ich doch gerne für Euch. Aus meiner großen Güte heraus."

Der Freigeist: „Ich habe da eine Idee. Wie wäre es, wenn wir unser Geld einfach behielten und uns gegenseitig helfen würden? Wäre das nicht effizienter und gerechter?"

Politiker und die Gemeinschaft der braven Wähler: „Faschist! Freiheitsgegner! Wer hilft den Armen und Schwachen? Wer baut für uns Autobahnen und Häuser? Wer regiert und beschützt uns? Naaa? Darauf weißt Du wohl keine Antwort, wie? Ab in den Knast mit Dir, Du dumme Nazisau!"

Heimatlieder aus Deutschland

Das gute alte Deutsche Heimatlied ist nicht nur in Na-
zi-Verruf, sondern auch in Vergessenheit geraten.
Heimatlieder aus Deutschland, einstmals ein Quell der
musikalischen Erbauung für die Altvorderen, können
nach der neuen deutschen Kulturrevolution, bei deren
Erfolgen selbst Maos Witwe voller Neid erbost in ihrer Urne rotiert, kaum noch und geschweige denn mit
ruhigem Gewissen, angehört werden.
Umso überraschter war ich, als ich bei einer Reche-
che auf die Homepage der Bundeszentrale für politische Bildung stieß. Dort gab es tatsächlich eine Au-
dio-CD „Heimatlieder aus Deutschland" mit der res-
pektablen Laufzeit von satten 70:54 Minuten der musikalischen Erbauung. Das Booklet mit Liner Notes
(Man beachte die internationale Wortwahl) von Mark
Terkessidis und Jochen Kühling (deutsch/englisch)
war mir spontan ins Auge gesprungen und hatte meine
Neugier erregt. Für nur 7,00 Euro zzgl. Versandkosten
(ab 1 kg Versandgewicht) hätte ich Eigentümer der
geilen Scheibe werden können. Doch leider gab es
eine Hürde zu überwinden:

*„Bitte informieren Sie sich auf der Seite unseres Zu-
stellers unter der Kategorie "Internationaler Brief-
und Paketversand", ob ein Versand in Ihr Land derzeit möglich ist: https://www.dhl.de/coronavirus. Falls
nicht, bitten wir von einer Bestellung abzusehen."*

Nur Glück. Ich befand mich in Deutschland. Meine
Chancen waren somit beträchtlich gestiegen. Wie lange würde ich wohl warten müssen, bis ich den Artikel
in meinen musikgierigen Händen halten zu können?

Lieferzeit in Deutschland: Ca. 1 bis 7 Werktage
Lieferzeit ins Ausland: Ca. 5 bis 63 Werktage

Ich war schon am Überlegen, das Masterpiece...pardon...ich habe mich hinreißen lassen...das Meisterwerk in den Warenkorb zu bugsieren, als mir spontan mein guter Kumpel Youtube einfiel. Es bestand natürlich die Gefahr, dass ausgerechnet Deutsche Heimatlieder wie so viele andere unschöne Inhalte von den Tugendwächtern des politisch korrekten Internets nach Art der Bibi Blocksberg hinfort gehext worden waren.

Eine kurze Stippvisite auf einem Kanal mit dem schönen Namen „Ostpreußen" und dem Oberbegriff „Deutsche Heimatlieder" ergab, dass meine Vermutung nicht ganz unbegründet gewesen war. Knapp die Hälfte aller dort eingestellten Lieder trug den Namen „Gelöschtes Video". Immerhin gab es das Fliegerlied vom Albers, den schönen Westerwald von Heino und den Soldat am Wolgastrand von Rebroff.

Was tun, sprach Odin? Ich nahm sicherheitshalber das Angebot der Bundeszentrale für politische Bildung genauer unter die Lupe und erfuhr:

The Best Originals and Remixes of New German Folk Diese CD enthält 18 deutsche Heimatlieder und Remixe aus Kuba, Portugal, Spanien, Marokko, Italien, Kroatien, Serbien, Griechenland, Türkei, Mosambik, Südkorea, Vietnam, Rumänien, Kamerun. Die Compilation zeigt die Vielfalt der in Deutschland eingewanderten Folklore.

Ach Du liebes Lieschen. Oder liebe Aisha? Oder vielleicht besser Dusica? Damit hatte ich insbesondere unter dem Oberbegriff „Deutsche Heimatlieder" nicht gerechnet. Ich konsultierte die „Trackist", altmodisch auch als Titelliste bekannt.

Tracklist:

01. *La Caravane du Maghreb - Marhba*
02. *Gudrun Gut - Marhba (Remix)*
03. *Meşk - Heyder Heyder*
04. *Mark Ernestus - Moca ca la te (Remix)*
05. *Trio Fado - Toma dá la cá*
06. *Ricardo, Rafael y Pedro - Y tú, qué has hecho*
07. *Ulrich Schnauss - La Pagliarella (Remix)*
08. *Njamy Sitson - Ngaeh Nkuni*
09. *Guido Möbius - Milho Verde (Remix)*
10. *Matias Aguayo - Ay Linda Amiga (Remix)*
11. *Can Oral - Karavi Karavaki (Remix)*
12. *Symbiz Sound - Go Hyang yui Bom (Remix)*
13. *Quan Họ Chor Berlin - Con Duyen*
14. *Gudrun Gut - Projden kroz pasike (Remix)*
15. *Heide - E klî wält fijeltchen*
16. *Murat Tepeli - Adalardan bir yâr gelir bizlere*
17. *Amigas Cantan - Ay linda amiga*
18. *Sandra Stupar/Dusica Gačić - Duni mi duni ladjan*

Meine Kaufentscheidung war in weite Ferne gerückt. Ebenso meine Interpretation des Begriffs „Deutsche Heimatlieder". Nur die Neugier war noch da. Und irgendwo in weiter Ferne ertönte das schrille Gekeife von Maos kulturrevolutionistischer Witwe.

Ich gönnte mir zuerst Njamy Sitson, weil ich den Namen so faszinierend fand und seinen guten, alten deutschen Gassenhauer namens Ngaeh Nkuni.

Der Wahrheit die Ehre: Der Mann hatte eine angenehme Stimme. Und die metallischen Klänge einer handgezupftender Marimba verfügten über einen ganz besonderen Charme. Ich fühlte mich zurückversetzt ins gute, alte Neandertal, knabberte an meinem über dem Feuer geröstetem Mammutlendchen und sehnte mich nach einem Bier, optional Met.

Murat Tepeli hat mir zumindest heimatliedtechnisch nicht so gut gefallen. Er ist bestimmt ein toller Künstler, aber Techno ist trotz aller Deutschlandverbundenheit einfach nicht meins.

Die traditionellen Klänge von La Caravane du Maghreb (Marhba) haben mir besser gefallen. Nette Leute, nette Musik, fröhlich und mitreißend. Der Gedanke an Hermann den Cherusker, der sich mit seinen Mannen zur nächsten Oase begibt, lag nahe und ich spürte förmlich den Wüstenwind, wie er meine politisch inkorrekten blonden Haare zerzauste.

Bei weiterer Suche entdeckte ich dann auch den Kanal „Heimatlieder aus Deutschland". Die Gudrun hat mir nicht so gud (Mäßiges Wortspiel) gefallen.

Absolut ins Herz geschlossen habe ich Njamy Sitson, den Geschichtenerzähler, der "Warum die Affen auf den Bäumen schlafen" zum Besten gab.

Alles in allem: Ich habe mal wieder Geld gespart, weil ich bei Youtube fündig geworden bin. Die Künstlerinnen und Künstler haben mir viel Freude bereitet. Doch ein wenig mehr „Deutsch" unter dem Oberbegriff „Deutsche Heimatlieder" wäre vielleicht ganz nett gewesen. Zumindest weiß ich nun, wie man sich als Minderheit im eigenen Kulturkreis fühlt. Und ich habe meine Ansicht zur Bundeszentrale für politische Bildung. Aber die verrate ich hier nicht. Sicher ist sicher.

Die unerwartete Zukunft

Was, wenn mir jemand vor einem Jahr Folgendes gesagt hätte: Du wirst keinen Geburtstag mehr feiern und bei keiner Hochzeit mehr zu Gast sein können. Sollte jemand aus deinem Familien- oder Freundeskreis unheilbar erkranken, wirst du nicht am Sterbebett von ihm Abschied nehmen können. Bei Beerdigungen dürfen höchstens 25 Menschen zusammenkommen. Es sei denn, es handelt sich um Clan-Beerdigungen. Dann sind auch schon mal ein paar hundert erlaubt.

Reisen kann man getrost vergessen. Besuche in Restaurants, Kinos, Theatern, Konzerthallen fallen flach. Stadtfeste, Weihnachtsmärkte, Marathon, Volkslauf und Radrennen sind Geschichte. Fußballspiele sieht man nicht mehr im Stadion, sondern hin und wieder im Fernsehen, wo Profikicker staatlich gesponsert vor gespenstisch leeren Rängen den Ball vor sich hertreiben. Jubel und Applaus werden eingeblendet

Wer im Supermarkt oder auf dem Wochenmarkt einkaufen geht, den Bus oder U-Bahn nimmt, muss eine Maske tragen. In der Innenstadt darfst man nicht länger stehenbleiben oder sich gar hinsetzen. Oma wird festgenommen, weil sie zur falschen Zeit einen Spaziergang gemacht hat. Opa zahlt Strafe, weil er zu Weihnachten seine Enkel nach 21.00 Uhr nach Hause gefahren hat. Auf der Rodelbahn Kinder werden vom Schlitten gezerrt. Beim Schulsport oder Joggen muss eine chirurgische Maske oder ein Teil, das wie ein verdammter Kaffeefilter aussieht, getragen werden. Die Demütigung perfekt. Es wird illegale Kindergeburtstage geben, illegale Grünkohlessen und illegale Karnevalsfeiern, die werden alle von der Polizei gesprengt. Wie, jemand will mal etwas Abwechslung, wenigstens ein bisschen Shopping, ein hübsches Geschenk für die Familie kaufen? Kein Problem. Aber bitte online.

Man will sich zumindest zu Hause mit Freunden treffen? Mehr als eine Person aus einem anderen Haushalt ist nicht erlaubt. Tochter und Sohn müssen die Altvorderen getrennt besuchen. Man kann es natürlich darauf ankommen, aber vielleicht verpfeift einen dann der Nachbar. Die Politiker haben gesagt, dass man aufeinander „achtgeben" müsse. Denunzianten gibt es inzwischen genug. Auch Leute, die dich sofort anblaffen, wenn jemandem mal die Maske unter die Nase rutscht. Oder, wenn sie einem auf der Straße entgegenkommen, selbstverständlich auch draußen maskiert, erst mal drei Schritte zur Seite machen, als hätte man die Beulenpest.

Wie war das doch gleich mit den Grundrechten? Die sind leider aufgehoben. Auf unbestimmte Zeit geht gar nichts mehr. Das entscheiden die da oben willkürlich, auch ganz ohne Parlament, nur „beraten" von Leuten, die ihnen nach dem Munde reden. Man passt besser auf, was man sagt, denn sonst ist man im Handumdrehen ein verantwortungsloser Querulant, ein Verschwörungstheoretiker, mit dunklen Mächten im Bunde. Dann will man mit so einem zweifelnden Nazi nichts mehr zu tun haben. Deine Freunde werden weniger. Einige haben auch sie ihre Zweifel, trauen sich jedoch nicht, sie zu äußern.

Alle halten den Ball flach. Möglicherweise gibt es homöopathische Anteile der Grundrechte irgendwann ein paar zurück. Das sind dann „Privilegien", „neue Freiheiten" oder „Sonderrechte". Aber dazu man geimpft sein. Das kann dauern, denn „die da oben" haben versäumt, für genügend Impfstoff zu sorgen. Wenn woanders auf der Welt längst wieder gelebt wird, sitzt Deutschland noch immer im Hausarrest fest. Überhaupt kann man froh sein, dass es einem gut geht. Andere haben längst ihren Job verloren. Viele sie sind alt und vegetieren einsam im Pflegeheim vor sich hin. In Zeitungen, Radio und Fernsehen werden sie dir allerdings erzählen, dass die alles souverän im Griff haben, ja sogar ein Vorbild für andere sind, die uns um unsere Führung beneiden.

Man sollte sich schon mal daran gewöhnen, weniger zu haben und damit zufrieden zu sein, denn das alte Leben gibt es nicht wieder. Fernsehen, Radio und den Zeitungen betonen es im Dauerbetrieb. Gott sei Dank gibt es Netflix. Das macht den Hausarrest mit deinen Liebsten erträglich. Es ist von Vorteil, wenn die Kinder erwachsen sind. Man muss sie nicht noch daheim beschulen wie andere Leute. Wenn man sich mal so richtig was gönnen möchte, dann ruft man den Pizza-Mann an. Besser ist es sowieso, wenn die Ansprüche reduziert. Die Kriegsgeneration ist schließlich auch nicht in Urlaub gefahren Steuererhöhungen stehen vor der Tür. Die dienen den Migranten, dem Klima oder der Rettung der Welt. Minus ist das neue Plus.

„Denken" wird zur Straftat. Wer denkt, kommt zu dem Schluss, dass es keinerlei Rechtfertigung dafür gibt, dass man ihm sein altes Leben und alles, wofür er gearbeitet hat, genommen hat. Aber das darf nicht sein. „Hirnlos" ist die neue Freiheit. Die Realität wird neu definiert. Die Geschichte wird schnell neu geschrieben. Bald werden alle glauben, es sei schon immer so gewesen. Vor allem die Jüngeren. Und dann ist alles wieder gut. So wie früher. Gott sei Dank.

72

Paket ist da!

Seit der Inszenierung der großen Zirkus-Coronelli-Show wird online eingekauft. Wäre da nur nicht die fiese Schwachstelle zwischen Versender und den Kunden: Die Paketdienste. Und deren Mitarbeiter.
Unlängst gönnte ich mir ein wenig Frischluft am Fenster. Die Sonne schien, der Himmel voller Streifen, die in Form spaßiger Mustern und Ornamente der Tristesse des blauen Frühlingshimmels Auflockerung spendierten und einen Zusteller des DPD, der gerade eine Zustellung via Balkon am Nachbarhaus vornahm.
Er war wirklich unermütlich in seinen Bemühungen, die Fracht zur Luftfracht zu machen und vom Hof aus mit den verschiedensten Wurftechniken über die Mauer des Balkons im zweiten Stock zu befördern.
Meine besondere Hochachtung galt allerdings dem Verpacker der Ware. Nachdem das recht voluminöse Paket ein Dutzend Mal der Schwerkraft Folge geleistet hatte und auf dem gepflasterten Hof aufgeschlagen war, verfügte es noch immer über einige Teilbereiche mit intakter Statik.
Der an der Aufgabe gescheiterte Postbüttel leistete sich einen unterhaltsamen kleinen Wutanfall a la HB-Männchen und beschloss, das Paket wieder in den Lieferwagen zu schmeißen, um es dann mutmaßlich im zuständigen Paketshop zu parken oder es anderweitig zu entsorgen.
Ich schlürfte meinen Kaffee, wunderte mich, schüttelte gelegentlich weise dass Haupt und beschloss, künftig nur noch bei Händlern zu bestellen, die den Versand durch den Wettbewerb erledigten. Vielleicht hatte ich meinen Entschluss nicht an „Perfect Wife" weitergegeben, die dann einen Großauftrag schwerer

Dinge auslobte, welche dann, so ein Wunder aber auch, ausgerechnet per DPD geliefert werden sollten. Mein Versuch, den Versender zu überzeugen, einen anderen Lieferanten zu bemühen, blieb unbeantwortet. Es kam wie es kommen musste und der DPD kündigte per Mail die Lieferung an.

Da ich außer Schreibarbeit und der obligatorischen Haushaltstätigkeiten eh nichts anderes zu tun hatte, harrte ich der Dinge, die da kommen sollten. Zumindest ein Risikofaktor war nicht vorhanden: Der Balkon. Es war das erste Mal, dass ich mich darüber freute, keinen mein Eigen nennen zu können. Und so harrte ich und harrte und harrte…und nicht passierte. Bis auf eine Mail, in der mir mitteilte, dass man es bedingt durch meine Abwesenheit „erneut" probieren wolle. Ab hier zitiere ich einfach die Korrespondenz:

Ein aktueller Vorgang, der dritte seiner Art, im unmittelbaren Anschluss: Fünf Sendetermine an fünf verschiedenen Tagen, die nicht eingehalten wurden. Angeblich wurde trotz permanenter Anwesenheit von mindestens einer Person "niemand erreicht". Die Klingel funktioniert jedenfalls tadellos. Aber wer will schon ein paar Pakete ein paar Stufen hochtragen? Auch im DPD-Partnershop wurde nichts abgegeben. Kann es sein, dass der DPD Sightseeing-Tours für Warenlieferungen anbietet? Sind die Mitarbeiter zu dämlich zum Klingeln? Oder zu bequem veranlagt, um ihren Job zu machen?

Kurzum: Sauladen. Kein Support. Keine Ansprechpartner. Keine Rückmeldungen auf Mails. Der Paketdienst ohne Dienst, den man sich möglichst ersparen sollte. Es sei denn, dass man Satire liebt oder masochistisch veranlagt ist.

Von: service@dpd.de
An: Boss
Verschickt: Di, 1. Dez 2020 17:58
Betreff: [TicketID #19494465] Re: Präferenz für Ihre Zustellung

Sehr geehrte Damen und Herren,

vielen Dank für Ihre E-Mail.

Gerne informieren wir Sie genauestens über Ihr Paket. Dazu benötigen wir nur noch folgende Angaben von Ihnen:

- Die Paketscheinnummer oder
- Die Paketinformationsnummer (PIN)

Bei weiteren Fragen melden Sie sich gerne bei uns.

Viele Grüße
Aisha ABC

Customer Service DPD
T +49 (0) 180 6 373 200* | info@dpd.com

_____

_____

Hallo Frau ABC

Das Paket ist mittlerweile eingetroffen. Es stand draußen vor der Tür im Regen. Die Verpackung war triefnass. Die Funktion einer Klingel scheint Ihr Mitarbeiter nicht zu verstehen. Auch den Hinweis, dass im Fall der Fälle die Ware im 2.OG vor der Tür abzu-

stellen sein, hat er geflissentlich ignoriert. Vielleicht kann er aber auch nicht lesen.

Was gedenkt der DPD hinsichtlich solch einer Arbeitsweise zu unternehmen? Die Pakete künftig dem Fahrer zur freien Verfügung zu überlassen? Auf die Müllkippe damit? Zurück an den Absender? Es gibt viele Optionen, die berücksichtigt werden könnten.

Helfen könnte hier ein Mitarbeiter-Seminar "Klingeln für Anfänger". Oder "Logistik für Luschen". "Kleintransporte für Dummies". "Service - Leicht erklärt".

Sowohl kooperativ als auch erreichbar zeigte sich der Inhaber der DPD-Station, ein Herr Özcelik. Aber das muss wohl so sein. Der Mann ist selbständig und bemüht. Das zeichnet ihn aus.

Apropos: Ich bekam zeitgleich eine DHL-Lieferung anstandslos und korrekt zugestellt. Meine Nachbarn hatten ebenfalls das Glück einer Lieferung durch GLS. Was können die, was der DPD, den ich vor etlichen Jahren als zuverlässig kennengelernt habe, nicht (mehr) kann?

Immerhin bietet der Vorgang so viel Schreib-Stoff, dass er in einem meiner demnächst erscheinenden Bücher Erwähnung finden wird. Und ich vermute, dass mehrere 10.000 meiner Leser bei Xing und Facebook ihren Spaß damit haben werden.

Ich freue mich auf Ihre Antwort, falls diese Mail nicht (wie viele andere) den Weg in den Papierkorb finden wird.

Beste Grüße und frohes Schaffen

B.B. Boss

Ach ja: Eine Antwort habe ich nie bekommen.

Küchenfreuden

„Schaaahatz? Hast Du vielleicht das schwarze Dings gesehen?" fragte ich „Perfect Wife".

„Welches Dings?"

„Na Du weißt schon…das schwarze Dingsda vom Deckel vom großen Krups-Mixer."

Das ist der Gesprächsstoff, aus dem der Ärger wie eine Ölflut aus einem havarierten Shell-Supertanker irgendwo im Atlantik mit anschließender Ölpest in den Ausmaßen einer biblischen Katastrophe entspringt. Der empörte Blick von „Perfect Wife" verhieß nichts Gutes.

„Es ist da, wo es immer ist!" kam passend zum Blick die pikierte Antwort.

„Und wo genau wäre das?" gönnte ich mir als gut ausgebildeter Gefahrensucher die nächste Frage.

„In der Schublade natürlich!"

Nichts geht über eine gut organisierte Küche. Küchen, in denen alles seinen Platz hat, machen die Küchenarbeit effizienter. Ich durchwühlte besagte Schublade und fand Gefrierbeutel, Wäscheklammern, Krimskrams, Krempel und Zeugs…nur kein Dingsda. Warum war das Dingsda nicht in der Schublade?

„Die andere Schublade natürlich" ertönte es missbilligend. Ein vorwurfsvolles Kopfschütteln befand sich im Beipack.

Ich durchwühlte die nächste Schublade.

„Dingsda?"? fragte ich vorsichtig. Stille. Es kam keine Antwort vom begehrten Maschinendeckel-Kleinteil. Nein. Natürlich nicht. Wie auch? Und somit klappte ein großes Loch im Deckel, sodass nicht nur die Bananen hinein, sondern die Flüssigkeit auch heraus konnte.

„Ist es eben nicht!" schmollte ich und hatte mir somit innerhalb weniger Augenblicke den zweiten Kardinalsfehler geleistet. „Außerdem hat das Ding nichts in irgendeiner Schublade zu suchen. Es gehört in den Deckel. Und der gehört auf die Maschine."

Ein klarer Fall von Küchentyrannei durch männliche Köche. Der Tag war versaut. Und ich war schuld. Wer auch sonst? Die strafenden Blicke der Gnädigsten sagten alles: Der Kerl hatte Unverzeihliches geäußert.

Gut, wenn man getrennte Zimmer hat. Das sichert eine gewisse Distanz und Burgfrieden.

Am nächsten Tag bewies ich, nichts aus der Misere gelernt zu haben.

„Hast Du eine Idee, wo der Gemüse-Zerhacker ist?" fragte ich nach erfolgloser Suche nach der No-Name-Mulinette, ohne über den vorherigen Tag und sein Ende nachgedacht zu haben. Die hochgezogenen Augenbrauchen meiner Interview-Partnerin signalisierten Gefahr.

„Im Geschirrspüler natürlich", tönte es eisig.

„Das Teil mit dem Motor auch?" hakte ich voller Befürchtungen nach.

„Natürlich nicht. Das ist doch im Küchenschrank", wurde der Dummkopf zurecht gewiesen. „Frau" schüttelte missbilligend den Kopf, während „Mann" der Schrank durchstöberte, bis er das Objekt der Suche auf dem Kühlschrank entdeckte.

„Ah ja. Im Schrank also", kommentierte ich, während ich unter mir dünnstes Eis knacken hörte.

„Nächstes Mal kannst Du Deinen Mist alleine suchen. Dann helfe ich nämlich nicht mehr!" giftete die Regierung und wollte sich zurückziehen. Doch ich ließ es nicht zu, weil die besagte Maschine noch mehr verschollene Komponenten aufwies.

„Und wo ist das Hackmesser von dem Ding?" begehrte ich zu wissen.

„In der Messerschublade. Wo denn sonst?"

Ich hatte aus der Aktion gelernt und verbiss mir jeglichen Kommentar. Zugegeben...ich habe mir dabei die Zunge perforiert. Aber, wie wir alles wissen: Happy Wife...Happy Life. Das Messer war Gottlob in der Schublade. Allerdings fehlten noch der Behälter (tatsächlich im Geschirrspüler) und dessen Deckel. Der lag in der Küche in der Fensterbank. Wo auch sonst? Am nächsten Tag wagte ich einen Vorstoß, um das Dilemma künftig vom Tisch zu haben.

„Eheweib", sprach ich zu ihr. „Bitte entwickle doch mal ein geschlechterverträgliches Ordnungssystem für Küchenartikel jeglicher Art."

Ich hatte mir in der Vergangenheit schon oft die Frage gestellt, ob hinter dem Versteckspiel mit den Teilen nicht vielleicht eine Art Intelligenztest verborgen war. Gab es nach jeder Aktion Auswertungen der Fähigkeiten des Probanden? Wurde das Programm immer wieder durch heitere Versteckspiele und Motivationsaufgaben, Aggressionsbewältigungsstrategien erweitert? Ich war ratlos, aber voller Hoffnung.

„Männer!" empörte sich „Perfect Wife". „Eben doch nicht das starke Geschlecht."

Drei Tage später präsentierte sie eine lange Liste.

„Tadaaa! Alles männerverständlich geregelt. DAS bekommst sogar DU ihn den Griff", lächelte sie dezent abfällig.

„Und wie funktioniert das neue System?" wollte ich wissen und gab mir die Blöße des Ahnungslosen. Wo ist zum Beispiel der elektrische Küchenquirl?"

„Das ist doch ganz einfach. Lerne die Liste auswendig und dann findest Du schon alles."

Einfach war es bei den Tassen. Die wöchentlich anwachsende Tassensammlung (niemals zwei gleiche) befand sich wie schon immer gemeinsam mit den Gläsern im Einbauschrankbereich.

Als schwieriger erwies sich dank eines neuen Separationsverfahrens der Geräte in ihre Einzelteile die weitere Suche. Elektrischer Quirl: Die Maschine unten im Schrank. Die Knethaken in der Besteck-Schublade. Die Quirlhaken bei den Kochlöffeln im Napf.

Der Pürierstab (länglich und weiß) wohnte im Küchenschrank, das Schwiegermuttergeschenk, der Smoothiemaker (Smuuuter) (länglich und schwarz) im Vorratsschrank. Warum? Der Farbunterschied.

Es gab eine Sortierung nach Farben. Zitronengelb z,B. hauste jetzt in einem anderen Abteil als Gelborange oder gar Rot, von Grün und Blau mal ganz zu schweigen. Eine weitere Sortierung nach Gebrauchsthemen erwies in Verbindung mit der Farbsortierung als Intelligenztest der besonderen Art. Dazu kam eine Sortierung nach Formen. Rund passte nicht zu Lang und schon gar nicht zu Eckig. Besonders knifflig war die Sortierung nach Wochentagen.

Brot, Frühstücksflocken und Müsli nach Bestandteilen neben dem Toaster, im Küchenschrank oder auf dem Tisch. Unterschiede gab es bei Reis, Amaranth und Quinoa. Gepufft, ungepufft, getrocknet. Alles hatte seinen eigenen Platz. Dazu die Gewürze nach ihren blumigen und die Tees nach ihren noch blumigere Namen. Ich habe dann ein Seminar mit dem Thema Ausgeglichenheit in der Küche und ergänzend ein Anti-Aggressionstraining gemacht. Seitdem gibt es nur noch Fastfood vom Discounter. Problem gelöst.

Und die Gnädigste? „Na siehst Du, Dummerle. War doch ganz einfach, mmm?" Nun ja...wo sie recht hat?

Drogenrazzia

Ich saß an meinem Rechner, ließ die Gedanken kreisen, süppelte an meinem Kaffee und naschte ein Stück Schokolade, die leckere mit den ganzen Nüssen. Und dann passierte es. Die Klingel schrillte im Sturm. Anscheinend hatte jemand seinem Finger nicht unter Kontrolle. Das Geräusch zermarterte mir die Ohren und prügelte die eben noch lustig kreisenden Gedanken aus meinem Kopf. Ich hasse es, wenn es an der Tür klingelt. Es verheißt Überraschungen und die sind nichts Gutes, weil nicht eingeplant.

Ich trottete zur Tür und öffnete. Und dann stand ich da, völlig perplex, staunend und mit offenem Mund, während vier merkwürdige paramilitärische Gestalten in laubfroschgrüner Polizeiuniform, jeder eine Uzi im Anschlag und eine mittelalterlich anmutende, langnasige Maske vorm Gesicht an mir vorbei in mein Allerheiligstes stürmten. Ein fünfter Langnasenfrosch in flotter GESTAPO-Uniform schlenderte hinterher und wedelte mit einem Zettel.

„Herr Boss?" herrschte er mich an.

„Äh…ja?" fragte ich und versuchte mich zu sortieren.

„Sondereinsatzkommando BasiPo!"

„Bitte wer?"

„Die Basilikum-Polizei!"

„Wie jetzt?" fragte ich fassungslos.

„Sie sind wohl schwer von Begriff, wie?" sprach er und musterte mich abfällig.

„Was zum Teufel wollen sie von mir?" empörte ich mich, während aus meiner Wohnung lautes Geschepper ertönte.

„Hausdurchsuchung!" bellte er und wedelte mit dem Papierlappen vor meiner Nase herum.

„Hausdurchsuchung? Aber wieso denn das?" fragte ich zornig und verwirrt zugleich.

„Sie werden verdächtigt, im Besitz verbotener Substanzen zu sein. Man hat sie gesehen, wie sie auf dem Wochenmarkt am Prinzenpark illegales Pflanzengut wie Basilikum erworben zu haben."

„Seit wann ist das denn illegal?" wollte ich wissen und zweifelte insgeheim am Geisteszustand meines unwillkommenen Gesprächspartners.

Aus meiner Küche ertönte zersplitterndes Glas und ein lautes Krachen. Anscheinend hatte jemand den Küchenschrank umgeworfen.

„Seit drei Tagen", informierte mich der Herr von der grünen Stapo süffisant grinsend.

„Zeigen sie mir das", fluchte ich, riss ihm die Papierfahne aus der Hand und inspizierte sie. Und tatsächlich…es war ein gerichtlicher Durchsuchungsbeschluss wegen des Verdachts auf Verstoß gegen das Betäubungsmittelgesetz und illegalen Drogenbesitz.

„Chef! Chef!" ertönte es aus meiner Küche. „Jetzt haben wir ihn am Arsch!"

Einer der Masken-Froschmänner kam triumphierend aus meiner Küche gestürmt und schwenkte zwei Gläser frischen Pestos.

„Habe ich mir gleich gedacht!" kommentierte der Einsatzleiter nicht ohne Befriedigung. „Weitermachen. Wo das herkommt, ist bestimmt noch viel mehr!"

Und dann belehrte er mich, während er sich im Glanz seiner Macht sonnte. Ich erfuhr, dass der Ehemann des Gesundheitsministers die alleinigen Rechte am deutschen Kräuterhandel überantwortet bekommen hatte. Ab heute gab es nicht nur exklusive Kräuterhandelszertifikate für Big Pharma, sondern auch eine für alle Deutschen vorgeschriebene neue Atemschutzmaske nach Art der mittelalterlichen Pestarzt-Masken. Diese beinhaltete verplombte Kräuter-Masken-Inlays mit Rückgabepflicht. Die GRÜNEN hatten sich bereits das duale Inlay-System auf Pfandbasis gesichert. Mittlerweile hatten die Spezialeinheit-Frösche meinen Gewürzschrank geplündert und weitere Kräuter zutage gefördert.

„Herbes de Provence, wie?" feixte der Oberfrosch.

„Sie sind ja ein ganz schlimmer Finger."

Ich war mir mächtig gewaltig sicher, dass er mich unter seiner Maske feist angrinste.

„Alles einpacken, Jungs. Alles beschlagnahmt. Sie hören von uns, Herr Boss. Und verlassen sie besser nicht die Stadt. Wir behalten sie im Auge. Capiche?"

Und dann war der ganze Spuk wieder verschwunden. Ich bestaunte das hinterlassene Chaos aus umgeworfenen Möbeln, zerschlagenem Geschirr, Glassplittern, Scherben und ruinierten Küchengeräten. Anscheinend lebte ich, wie ich feststellen musste, in interessanten Zeiten. Aufräumen konnte ich später. Zuerst einmal musste ich den Dingen auf den Grund gehen.

Online erfuhr ich, dass es wohl seine Richtigkeit hatte. Fast alle Gartenkräuter waren seit drei Tagen verboten und nur noch auf Rezept in der Apotheke oder kostenpflichtig für die neuen Masken im dualen System erhältlich. Verstöße wurden mit Geldstrafen oder Gefängnis bestraft. Ein flächendeckendes System von Basilikum-Blockwarten und Bezirks-Kühlschrankwächtern und Kücheninspektoren war in Arbeit. Anscheinend hatte sich bereits ein Schwarzmarkt, der sich vornehmlich in italienischer Hand befand, etabliert. Die Aromafia regierte dort mit eiserner Hand. Unsere Lokal-Zeitung informierte mich:

Dank Hinweisen aus der Bevölkerung ist der Polizei ein dicker Fisch ins Netz gegangen. In der Nähe des Hauptbahnhofs entdeckten die Beamten in der Nacht auf Donnerstag eine professionell betriebene Indoor-Basilikumplantage mit 5.000 Pflanzen. In einem Lagerraum konnte die Polizei außerdem 100 kg getrockneten Basilikums sicherstellen.

Betrieben wurde die Anlage von zwei Italienern, die der sogenannten Lasagne-Connection zugerechnet werden. Die beiden sind der Polizei nicht unbekannt. «Wir hatten das Geschäft schon lange im Visier. Bei einer Razzia fanden wir jedoch nur Estragon, der nicht gegen das Betäubungsmittelgesetz verstößt. Wir vermuteten bereits damals, dass die beiden Herren auch das Mama-Pasta-Basta-Kartell mit Kraut beliefern», so eine Sprecherin der Polizei.

Und weiter: „Es ist ein einziger Drogensumpf. Die Hausfrauen des Viertels sollen dem Kraut nicht abgeneigt gewesen sein. Bei einer Diabetikerin konnte die Polizei im Hausmüll mehrere Spritzen sicherstellen. Es wird vermutet, dass sich die Frau „Frankfurter Grüne Soße" intravenös verabreicht hat. "

Abgründe taten sich auf. So wie in meiner Küche. Ich ging fegen und aufräumen. Nachdem ich den Küchenschrank wieder aufgestellt und eingeräumt hatte, widmete ich mich erneut der lokalen Online Recherche. Gemäß ersten Ermittlungen stammten die Samen der Pflanzen von der gestern geschlossenen, illegalen Handelsplattform Pizza-Oven. Besonders die Mitglieder des KGV Nussberg sollen sich dort nicht nur reichlich mit Basilikumsamen eingedeckt, sondern regelrecht eine Plantage betrieben haben.

> *„Die Kleingärtner haben ganze Eimer voller Basilikum in ihren Lauben gehabt und sich das Zeug einfach so auf ihr Essen gestreut. Aber wo bleiben wir? Was ist mit unserer Gesundheit?" so ein Anwohner.*
> *„Wir müssen die Versorgung mit Kräuter-Masken-Inlays sicherstellen. Das sind wir der Volksgesundheit einfach schuldig", informierten das Robert-Koch-Institut und das Bundesgesundheitsministerium.*
> *Alle Bundespolitiker stehen hinter dem neuen Maskenprojekt und haben uneigennützig die Schritte zur Maskenbeschaffung in die Wege geleitet.*

Doch wo viel Licht, da auch viel Schatten. Es tauchen bereits jetzt, nach drei Tagen Verbot, nachgemachte und gefälschte Produkte auf. Unlängst wurden große Chargen von zu Basilikum und Oregano deklariertem Spinat und Petersilie entdeckt und beschlagnahmt. Anscheinend war alles, unbeachtet von der Bevölkerung, von langer Hand vorbereitet worden.

Zwei Tage später bekam ich Post. Drei Tage später hatte ich mich vor Gericht wegen Verstoßes gegen das Basilikumverbot zu verantworten. Die Geldstrafe von 70.000 Euro entspricht der Strafe, die in Frankreich von illegalen Brennnessel-Nutzern erhoben wird und erscheint insofern gerecht. Aber mein Anwalt hat es geschafft und eine Art Kronzeugenregelung für mich erwirkt. Ich bin nun der neue Basilikum-Blockwart meines Straßenzugs und muss nur sieben Drogenfreaks pro Woche aufspüren. Ein guter Job. Und Prämien gibt es auch noch. Ich habe bereits allen Omas aus dem Seniorenheim Briefchen mit Kraut in die Briefkästen gepackt und die BasiPo-Frösche informiert. Anscheinend wird es doch noch ein gutes Jahr.

Ein Mann sieht schwarz

Schwarzfahren gilt neuerdings als rassistischer Begriff. Wie soll m/w/d aber in Zukunft fahren, wenn m/w/d ohne Fahrschein ist? Nach reiflicher Überlegung verweigert sich m/w/d allen Farben bis auf grün, oder schnappt sie sich einfach alle auf einmal und fährt den Regenbogen.

Ich kann mich tatsächlich genau daran erinnern, dass ich früher gelegentlich mal schwarzgefahren bin. Muss ich mich nun in aller Form für diesen üblen Akt des Rassismus entschuldigen? Auch habe ich damals wie heute bevorzugt schwarze Kleidung getragen. Macht es das schlimmer? Darf ich überhaupt noch auf die Straße? Und dabei dachte ich bis vor kurzem, ich sei frei von Rassismus und somit fein raus.

Die Erkenntnis verdanke ich den Berliner und Münchner Verkehrsbetrieben, die das Wort Schwarzfahren aus ihrem offiziellen Sprachgebrauch gestrichen haben. Doch im Zeitalter der Rückverurteilung über die Generationen bis hin zu meinem Vorfahren Olaf Blutaxt und davor Urk dem Höhlenmenschen: Reicht so eine lapidare Streichung? So ein abgeschmacktes „Mea Culpa"? Wo bleiben Buße und Wiedergutmachung? Wie wär's mit „Free Tours for woke People"? Aber die fahren sowieso weitgehend schwarz und somit auf Kosten der Steuerzahler, womit ich schon wieder gegen die neuen Konventionen verstoßen hätte, ich Nazi.

Dass das Wort Schwarzfahren in keinerlei Zusammenhang mit dunkelhäutigen Menschen steht, hat nach modernem, erweckten Sprachverständnis keinerlei Bedeutung. Schwarz geht nicht. Punkt. Es muss politisch und gendermäßig korrekt sprachbereinigt werden. Aus die Maus. Oder die Mäusin? Oder das Maus? Mäusetier? Man weiß es nicht.

Wie aber soll man in Zukunft fahren? Rotfahren? Auf keinen Fall. Das wäre eine Verächtlichmachung der amerikanischen Urbevölkerung, die man in der bösen alten Zeit ja als Rothäute bezeichnete. Was sagen die Sozen dazu? Oder die Kommunisten? Oder die Stierkämpfer? Charles Bronson? Der sah ziemlich oft rot. Und ich? Wenn ich Roth sehe, sehe ich schwarz.

Blaufahren scheidet ebenfalls aus. Das wäre eine Diskriminierung der blauen Jungs von der Waterkant. Shanty-Chors und Matrosen. Und der Säufer. Und dann wäre da ja auch noch die AfD. Also kein Blau.

Weißfahren wiederum wäre eine unzumutbare Verherrlichung der durch Rassismus, Kolonialismus, Imperialismus, Nationalismus, Monetarismus, Germanismus und überhaupt aller schon durch ihre pure Anwesenheit lästigen hellhäutigen Menschen.

Wie wäre es mit Farblosfahren? Auch das wäre problematisch, weil es sich dabei um eine Diskriminierung von Politikern und ihrer jeweiligen Gefolgschaft handeln würde und es sich grafisch nicht darstellen ließe.

Eine Ausnahme: Da wäre ja noch das Grünfahren. Grün könnte gehen. Es wäre zumindest aus Sicht der GRÜNEN politisch korrekt, auch wenn der politisch korrekte grüne Mensch, die grüne Menschin oder auch das Mensch mit seinen Kinderinnen und Kindern oftmals noch erheblich durchtriebener ist als der nichtgrüne Normalo. Grünfahren könnte umweltschonend fahren bedeuten. Allerdings nur auf Fahrrad, Skateboard, Rollschuhen oder dem guten, alten Bobbycar, vorbehaltlich, dass es aus nachwachsenden Rohstoffen geschnitzt wurde.

Sollten wir also alle Grünfahrer werden? Das wäre natürlich erheblich teurer insbesondere als das Schwarzfahren, aber dafür wäre es „woke". Doch da wäre dann wieder der Nachteil, dass sich alle anderen politischen Kräfte unterdrückt werden würden.

Zurück zum Regenbogen. Der ist so schön bunt und ungefährlich. Oder doch nicht? Vielleicht muss man dann schwul sein, um überhaupt noch in den Bus zu dürfen. Oder sonst wie bunt gegendert. Und was wäre, wenn ich mich täglich umdefinieren würde? Nach derzeit gewünschter Ideologie wäre das möglich. Dürfte ich dann mit dem Kinderfahrschein fahren? Oder als dicker, alter weißer Mann zum Seniorentarif? Dürfte ich eigentlich überhaupt noch in den Bus?

Weißfahren? Wäre das dann Unterdrückung oder Verhohnepiepelung der Eisbären? Oder der Iglubesitzer? Oder des Malerhandwerks? Des Vanilleises?

Der Wahrheit die Ehre: Wer heutzutage politisch korrekt sein will, ist letztendlich chancenlos. Alle Tage wird eine neue Sau durchs Dorf getrieben. Aber die ist dann nicht halal. Ein Hund geht auch nicht. Eine Kuh? Vielleicht mögen das die Inder nicht.

Ach ja: Die gute alte Schwarzarbeit: Gibt es schwarze Schwarzarbeiter und darf man das noch sagen? Was wäre mit weißen Schwarzarbeitern? Wäre das Solidarität? Oder wie arbeitet man bunt schwarz? Ich weiß es nicht. Entweder ich träume gerade oder ich werde irrsinnig. Das ist anscheinend die Voraussetzung.

So, jetzt schalte ich erst einmal den Fernseher ein und informiere mich, wie es richtig gemacht wird. Bei ARD und ZDF. Die müssen das doch wissen. Die Gebühren habe ich bezahlt. Schließlich bin ich kein Schwarzseher. Allerdings bin ich ein bekennender Schwarzmaler. Also doch ein Rassist. Ein Nazi. Mist.

Früher war alles anders

Ich erinnere mich wehmütig an früher. Somit ist es bestätigt: Ich bin alt geworden. Allerdings halte ich das Alter eher für eine Frage der Einstellung. Früher war natürlich nicht alles besser, sondern anders. Viele Dinge waren ferner und somit nicht präsent.

Ich verfüge über die Gnade der Geburt in einem guten Jahrzehnt. Der Krieg vor der Haustür blieb mir erspart. Es herrschte relative Ruhe in Deutschland. Die Luft war frei von Chemtrails und die Geschäfte arm an Fastfood. Der Tante Emma-Laden um die Ecke war ein Quell der visuellen wie olfaktorischen Freude. Einkaufen war noch persönlich. Es gab drei Geschmacksrichtungen Eis, die Kugel für 10 Pfennige und die Milchkanne anstelle des Tetra-Packs.

Massenmedien? Es gab drei TV-Programme in s/w: Sandmännchen, die Feuersteins und Tarzan, nicht länger als 30 min, Kinokarten für 4 Mark (erste bis dritte Reihe), und Bücher anstelle von Gameboy und Co.

Drachen wurden noch aus Papier gebaut, bevor die lustig bedruckten Plastikdinger in den Tankstellen aufkamen. Opas altes Detektor-Radio stimulierte im Park den Forscherdrang, im Sommer ging es ins Freibad. Am Wochenende war Sportplatz angesagt. Wir spielten im Dreck und fraßen ihn gelegentlich auch. Probleme wurden spontan geklärt – gelegentlich mit ein paar Watschen. Ein Fahrrad war Quell der Freude. Der Besuch der Bücherei war aufregend – wir waren definitiv bildungsgeil. Gartenverein – sonntägliches Grillen und im Anschluss ab in die Wildnis. Die Türen waren offen – Diebstahl eine Ausnahme.

Gastarbeiter? Die waren weitgehend unbekannt. Wir waren unter uns und litten trotzdem nicht unter dem

Mangel von Impulsen aus anderen Kulturen. Um Herrn Schäuble zu frustrieren – wir degenerierten auch nicht durch Inzucht, abgesehen vielleicht von einigen Ausnahmen im inzestuösen Freiburg.

Wir blieben weitgehend unbehelligt von Uncle Sams Wander-Ameisen-Eskapaden. Korea und Vietnam waren weit weg. Die Welt war einfach strukturiert. Wir waren gut und die Russen böse. Dann war da noch die Ostzone, in der es ziemlich unheimlich zuzugehen schien. Die Perspektive für die andere Seite: Der Klassenfeind im Westen. Aber das juckte niemanden, der mit den Kumpels Fußball spielte oder sich auf ein richtig großes Eis für 50 Pfennige, sprich fünf wahnsinnig leckere Kugeln, freute.

Die Wandlung geschah langsam und kam auf leisen Sohlen. Teflonpfanne, Mikrowelle, Walkman, Video, Discman, CD-Player, Mini-Disc-Player, DVD-Player, Blue-Ray…alle paar Jahre wurde mit neuem Spielzeug auf die Menschheit geschmissen. Leute…kauft völlig unnützen Blödsinn. Kauft viel. Verschuldet Euch, um noch mehr zu kaufen. In zwei Jahren ist der Dreck eh kaputt oder hoffnungslos veraltet. Kauft noch mehr. Haste was – biste was.

Was hat uns der Mist gebracht? UNS? Nichts. Glasperlen und Feuerwasser für unsere Lebenszeit, die wir mit harter Arbeit verbracht haben, um den Müll zu bezahlen. Menschen leben nicht mehr miteinander. Im Optimalfall leben sie nebeneinander her. Durch den Fernseher und den folgenden Massenmedien-Hype wurde aus dem Kreis der Familie ein Halbkreis. Smartphone und SMS anstelle des persönlichen Gesprächs von Mensch zu Mensch.

Ballern am PC statt Schwimmbad. 24-Std. TV mit Dauerindoktrinierung. Sozialleistungen ade. Dafür kam das Niedriglohnland Deutschland. Auf einmal gab es 9 Millionen Hartz-Empfänger. Die Reallöhne waren plötzlich niedriger als 20 Jahre zuvor. Altersarmut. Pflegenotstand. Gift in Lebensmitteln, dem Wasser, der Luft, in Körperpflegeprodukten, in Kinderspielzeug und Klamotten. Menschen in Sklaverei, die nicht einmal merken, dass sie versklavt wurden.

Ca. 95% der Haushalte haben einen PC. Die größte Bibliothek der Welt mit Interaktionsmöglichkeiten und Informationen, die den Mainstream Lügen strafen könnten. Und was passiert? Man postet sein Fressi bei Facebook oder lässt andere an peinlichen Suff-Photos teilhaben. Man lässt sich immer noch die Hucke von Springer und Co vollflunkern. Fußball und Titten, Brot und Spiele, Dumm und Dümmer, bespaß mich, make me happy und lass mich bitte blöd sterben.

Es klappt hervorragend. Teile und Herrsche. Rechts gegen Links. Wähler gegen Nichtwähler. Arbeitnehmer gegen Arbeitslose. Schwarz gegen weiß und GRÜN gegen alle. Nicht denken, sondern denken lassen. Nicht entscheiden, sondern andere ermächtigen. Und immer schön rein in die totale Medien- und Unterhaltungsgesellschaft. Wollte Ihr den totalen Nichtdenker? Hurra!

Die Perspektive unserer Kinder? Arbeitslosigkeit. Schulstress, Therapieplätze, Gewalt auf den Straßen. Vergiftete Umwelt, vergiftetes Miteinander, vergiftetes Leben. Dazu Maskenterror und Impfwahnsinn. Angstimpulse aus allen Schussrichtungen und allen Kanonen. Zerstörte Jugend.

Das soll es sein? Unsere Kinder sind unsere Zukunft und wir sind die Zukunft für unsere Kinder, weil wir deren Zukunft gestalten. Wollen wir sie dem Altar des

Irrsinns opfern? Echt? Tatsächlich? Wollen wir das? Nein? Wenn nicht: Warum lassen wir es zu?

Die Dreistigkeit regiert und wird durch die Blödheit anderer legitimiert. Recht, Ordnung, Demokratie, Bürgerrechte und Dinge wie Moral, Anstand und Sitten werden mit Füßen getreten. Überwachungsstaat bis hin zur Diktatur. Malochen bis zum Tod. Steuern zahlen bis zum Abwinken für den ganzen Unfug. RFID-Chips für alle. Und anscheinend sieht kaum jemand, wohin dieser Trend noch führen wird. Der Wahnsinn regiert. Alle tanzen dazu einen wilden Irrsinns-Pogo und klatschen fröhlich Beifall. Kann man Blödheit durch Watschen wegbekommen? Wenn ja, dann kaufe ich mir robuste Handschuhe und mache mich ans Werk.

Früher war sicherlich nicht alles besser. Aber es war menschlicher und persönlicher. Das, was uns als Fortschritt verkauft wird, ist ein Rückschritt. Und daher sehne ich mich nach „Früher". Ich habe es erlebt und kenne den Unterschied zu „Heute".

Drehen wir den Spieß doch einfach um und verzichten auf Teile des sogenannten Fortschritts von „Heute", um aus einem Rückschritt tatsächlich Fortschritt zu erzielen.

Oh...entschuldige. Jetzt habe ich Dir bestimmt die gute Laune verhagelt. Vielleicht habe ich Dich auch beim 19.00 Uhr Quiz oder bei Big Brother, Sister oder Mutti gestört. Und bestimmt klingelt gleich. Es könnte Deine Mikrowelle sein. Was mag da wohl Leckeres drin sein? Oder ist es heute der Bringdienst mit einer köstlichen Papp-Pizza? Lass Dich nicht aufhalten. Genieß die Show und guten Appetit. Man gönnt sich ja sonst nicht, gell?

Hände hoch! Buch weg!

„Sic ego sum scribere" – „Ich schreibe, also bin ich" ist mein privates Credo, dicht gefolgt von „I legitur sic ego sum". Jawoll. Ich lese auch wirklich gern. Beides lässt heutzutage sowohl den Autor wie auch den Leser bedrohlich ins grelle Licht der Öffentlichkeit rücken. Man sollte meinen, dass die privaten Bücherregale vor externen Zugriffen geschützt wären. Schließlich garantiert das Grundgesetz freien Zugriff auf jegliche Art der Information. Dort steht nichts davon, dass man erst bei irgendeiner Behörde eine Erlaubnis einholen muss, wenn man etwas Kontroverses lesen will, oder sich schlimmer noch für seine Motivation rechtfertigen muss.

Schauen wir mal über den großen Teich ins Land der unbegrenzten Unmöglichkeiten. In den USA grassiert die Angst, Bücher mit Karte zu zahlen, weil so registriert werden könnte, welchen Schmöker man erworben hat. Wäre es möglich, dass man von einem Anti-Terror-Algorithmus erfasst wird, weil man sich ein arabisches Kochbuch gekauft hat? Man weiß es nicht, befürchtet aber einiges. Aus Sicht amerikanischer Leser könnte es an der Zeit sein, sich ein einsames Plätzchen im Wald zu suchen. Orwell und Bradbury lassen posthum literarisch prophetisch grüßen.

In Ray Bradburys "Fahrenheit 451" haben es sich Menschen zur Aufgabe gemacht, Bücher vor dem Vergessen durch auswendig lernen zu retten, da es verboten ist, Bücher zu besitzen. Alles, was noch erlaubt ist, sind Bildergeschichten und Fernsehen. Überall stehen Briefkästen für Denunziationsschreiben. Anonymität ist wichtig, insbesondere wenn man die eigenen Verwandten anschwärzen will.

Zum Glück kann so etwas in Deutschland, dem weltweiten Vorreiter in Sachen Pluralismus, Meinungsfreiheit und Bürgerrechten, nicht passieren. Es sei denn, es handelt sich um beanstandungswerte Bücher aus der Zeit von 1870 bis 1930 und von 1931 bis 1950. Ach ja...und natürlich von 1951 bis 2020.

Immer, wenn es mich überkommt und ich im Internet nach Bauanleitungen für Marschflugkörper suche, macht mich das zum begehrten Zielobjekt von MAD, BND, Verfassungsschutz, Polizei, Telecom, SPD, CDU, Rot, Grün und Buntkariert, auch wenn es längst noch kein Beweis ist, dass ich so ein Höllenmaschinchen bauen möchte. Vielleicht recherchiere ich ja auch nur für einen neuen Roman?

Aus meiner unmaßgeblichen Sicht sollte es erst dann problematisch werden, wenn ich tatsächlich begönne, mir das Baumaterial zu besorgen. Dann wäre Vorsicht angebracht, falls es mir nicht gelänge, einem Gericht zu versichern, Feuerwerkskörper selbstverständlich nur zu Studienzwecken für ein neues Buch bauen zu wollen.

Selbstverständlich hat sich das Filtersystem insbesondere bei politischen Inhalten beträchtlich erweitert. Die Entmündigung greift um sich. Bücher werden zwar nicht verboten, aber man sollte sich mit ihnen besser nicht erwischen lassen.

Unlängst erwischte es Renitenzlinge, die es wagten, ausgerechnet in aller Öffentlichkeit aus dem Grundgesetz vorzulesen. Das Resultat: Bußgelder. Können wir demnächst, bestimmte Lektüre nur noch wie in unsere Kindheit mit der Taschenlampe unter der Bettdecke lesen?

Das Magazin "Panorama" hatte jüngst gar furchtbar Bedenkliches zu vermelden: Ein Oberstleutnant der

Bundeswehr hege rechtsextremes Gedankengut und pflege darüber hinaus Kontakte in die rechte Szene. Schlimm, wenn es wahr wäre. Das Panorama-Team musste sich sicherlich in enorme Gefahr begeben, um diese furchtbaren Verflechtungen herauszufinden. Da kämen selbst Woodward und Bernstein nicht mit.

Das Ergebnis dieser lebensgefährlichen Recherche: Besagter Offizier hatte anscheinend ein "Like" für Sieferles "Finis Germania" vergeben und per WhatsApp eine Nachfrage dazu verschickt. Wenn das kein Beweis dafür ist, dass er schon morgen die Welt-herrschaft an sich reißen will, was sonst?

Bei den immer mehr werdenden inoffiziellen Mitar-beitern der neuen Staatssicherheit sorgt der Staat für immer mehr Arbeitsplätze.

Die Datenkraken werden immer fetter und die Bewe-gungs- und Verhaltensprofile immer runder. Es könn-te also demnächst passieren, dass es an der Tür klin-gelt, wenn man sich ein Grundgesetz, einen Orwell, eine Kiste Bier und Bratwurst und einen AfD-Flyer bestellt hat. Hier könnte die Selbstanzeige beim Ver-fassungsschutz bei gleichzeitiger Aufnahme einer IM-Tätigkeit für die illustre Gesellschaft helfen. So wie neulich noch bei der Stasi, als sich jeder zehnte DDR-Bürger ein paar Brötchen dazuverdient hat.

Petzen ist wieder in. In fast jedem Deutschen steckt ein kleiner Blockwart. In manchen auch ein Lager-kommandeur oder Henker. Also machen wir was dar-aus. Beginnen wir doch einfach mit der Buchpolizei. Die ist schnell gegründet und die Daten der Kunden gibt es online. Und dann werden Bücher vernichtet. Aber sie werden nicht verbrannt. CO_2, nicht wahr? Doch Kompost geht immer. Oder Klopapier. Spü-len…wusch…und weg. Problem gelöst. Tschö.

Der Kuss-Bote

Erwähnte ich beiläufig, dass ich gerne, um nicht zu sagen obsessiv darte? Es ist nicht mehr so schlimm wie früher, als ich das täglich oder vielmehr abendlich bis zum Abwinken zelebrierte. Damals war es heftig: Ligaspiele, Taler-Turniere, kleine und große Turniere bis hin zu den British Open. Der regionale Ruhm war groß, die meisten Gegner eingeschüchtert und der Boss war happy. Davon zeugen noch etliche Bananenkisten voller Pokale, Hinguckerchen, Aufstellerchen, Urkunden und anderer Trophäen, die inzwischen in einem eigenen, spinnwebverhangenen Kleinabteil im Keller ihr Dasein pflegen.

Was mich schon zu meinen Dart-Hardcore-Zeiten beim Spielbetrieb über alle Maßen angenervt hat, sind Handys. An jedem Tisch saßen irgendwelche Mobil-Kommunikations-Triebtäter, daddelten auf ihren ollen Nokia-Handys miesverpixelte Spiele auf Tetris-Niveau oder parlierten lautstark mit für mich unwichtigen Leuten über Dinge, die der Rest der Welt einschließlich meiner Person nicht wissen wollte. Aber Handys waren schon vor über 25 Jahren Statussymbol und sind mittlerweile omnipräsent.

Beim letzten Abstecher in die Dartkneipe meiner Wahl musste ich feststellen, dass mittlerweile das Zweithandy den Einzug in die Hosentaschen gehalten hatte. Es war wie in einer Spielhölle für Grenzdebile. Alles trällerte, düdelte, plärrte, jammerte und verakustikmüllte die kleine, ehemals heile Dartkneipenwelt. Ich beschloss, die Pieker gar nicht erst auszupacken. Da ich mich dem Handywahn seit Jahren erfolgreich verweigere, war ich nicht auf dem Laufenden bezüglich der Neuerungen der Multimedia-Technik. Vielleicht lege ich mir mal wieder eins zu, wenn es mir selbständig und ohne Aufforderung Kaffee kocht und ans Bett bringt. Bitte mittelstark, mit viel Milch, ohne Zucker und mit einem Stück Schokolade.

Wie auch immer: Ich saß an einem Kneipentisch, folgte dem Dartbetrieb, tauschte mit ein paar anderen Veteranen alte Dart-Kriegsgeschichten auf und sonnte mich im Ruhm der guten alten Zeit.

Gerade hatte Klausi, Hartz-Empfänger aus Überzeugung, Träger eines feschen Trilobalanzugs und einer spaßigen Schirmmütze seinen Gegner mit kaum mehr als 40 Darts vernichtend geschlagen. Dann kehrte er von Board zurück, setzte sich zu uns, strahlte bis über beide Segelohren und zeigte ein sattes Siegergrinsen. Gebisstechnisch toppte er den Lauterbach um Längen. Die Zahnfee hatte sich anscheinend geweigert, sein Esszimmer von den schwarzen, hochkariösen und durch Karius und Baktus totalperforierten Zuckerfraß-Wackelbeißerchen zu befreien. Die dentale Trümmerwüste des Schreckens hätte ihm locker Zahnfeekröten für 30 Dosen Koma-Bräu vom „netto" eingebracht. Egal.

Klausi wollte gerade unaufgefordert ins Veteranen-Tisch-Gespräch einsteigen. Doch da geschah das Unvermeidliche. Er rückte unruhig von einer Arschbacke auf die andere, griff in die unergründlichen Tiefen seiner ehemals weißen Trainingshose und förderte sein niegelnagelneues 1.249.- Euro teures Apple iPhone 12 Pro Max (128 GB) – Pazifikblau zutage. Er inspizierte das Display, grinste noch breiter als zuvor und präsentierte erneut sein dentales Fiasko.

„Freundin!" informierte er uns voller Besitzerstolz.

Ich entschloss mich, nicht weiter nachzufragen und vermied jeglichen Blickkontakt.

„Klaaa hab' isch gewonnen", nuschelte der Sieger in das Superhandy.

Dann legte er plötzlich den Kopf schief, grinste breit und stöhnte leise. Was in aller Welt ging da vor sich? Klausi rutschte wieder unruhig hin- und her. Arschbacke links...rechts...links. Dann flüchtete er leicht gebückt in Richtung Keramikabteilung.

„Was zum Teufel war das?" fragte ich meine Kumpel. Und dann erfuhr ich Dinge, die ich besser niemals erfahren hätte. Die Technik war noch erheblich weiter fortgeschritten, als ich zu befürchten gewagt hätte. Unter dem Slogan „Gut geküsst ist mehr als nur halb gewonnen" hat sich der „Kissenger Smartphone-Adapter" seinen Weg ins Leben der Menschheit gebahnt. Der gute, alte Kuss, der zweifelsohne einer der wenigen Volltreffer menschlicher Entwicklung war, hat ausgedient. Nun kommt plötzlich der mobile Kuss daher. Wie gesagt: Nicht auf die althergebrachte Art und Weise. Er naht in Form einer akustischen Entladung über ein Lippenschnalzen via Hörmuschel.

Der neue Mensch von Welt hat den Kissenger Smartphone-Adapter und kann so das Projekt „Hotphone" mit einem oder mehreren nahezu plastischen oder zumindest semi-echten Kuss besiegeln.

Das Tool-Pad spürt den Kuss und überträgt die Empfindung in Echtzeit an den Empfänger, vorbehaltlich er nimmt ihn entgegen. Das Gerät erkennt sogar die Kraft des Kusses und kann sie replizieren, wenn die andere Seite kooperiert.

„He Schantalle!" ertönte es am Tisch. „Lass mal die Luft aus den Gläsern!"

Kurz darauf nahte sie mit einem Tablett voller Kölsch und feixte sich eins.

„Na? Ist Klausi wieder am Handy?" grinste sie.

98

„Aber so was von", kam die Antwort.
Die Thekenschlampe unserer Wahl, Schantalle, grinste noch breiter und informierte uns, dass sie von dem Zeug nichts halten würde. Sie hatte unlängst über eine Stunde lang mit ihrer neuen Online-Bekanntschaft sowohl Süßholz geraspelt als auch Küsse ausgetauscht. Seitdem fühlten sich ihre Lippen eher fransig und abgenudelt an. Auch vermisste sie weitere plastische Unterstützung beim Phonesex. Dann entschwand sie fröhlich giggelnd und mit elegantem Hüftschwung. Klausi haben wir an dem Abend nicht mehr gesehen, Er war wohl beschäftigt. Umso kreativer waren wir und so entstand eine neue Idee, die uns mit etwas Glück stinkreich machen wird. Uns fehlt nur noch ein guter Techniker für die Umsetzung der Idee bewussten Abends. Wenn alles klappt, dann präsentieren wir voller Freude unser neues Tool: „Analingus 2020".
Der Slogan:

Telefonieren Sie gern und viel? Sagen Sie anderen Menschen auch mal den Spruch des von Berlichingen? Mit den Analingus 2000 können sie es sofort in die Tat umsetzen. Teilen Sie Politikern via Arschpad mit, was die Sie mal gründlich können. Und nun können die das auch. Und das bis zum Anschlag.

Ich habe mir am nächsten Tag die Idee als Wort- und Bildmarke schützen lassen. Nur ein paar Telefonate haben gereicht und der Bundesgesundheitsminister hat uns übermitteln lassen, dass er sich für das Produkt vorbehaltlich einer Zuwendung an seinen Lebensabschnittsgefährten stark machen wird. Ich habe den Kerl schon immer gemocht. Bestimmt schicke ich ihm mal eine Nachricht. Natürlich mit den neuen Tool.

Das Boobcamp

Sauerei. Gerade einmal 31,2 Prozent der Abgeordneten im Bundestag sind Frauen. In den Parlamenten der Länder sieht es kaum besser aus. Dabei findet sich im Grundgesetz nicht ohne Grund der Satz: „Männer und Frauen sind gleichberechtigt. Der Staat fördert die tatsächliche Durchsetzung der Gleichberechtigung von Frauen und Männern und wirkt auf die Beseitigung bestehender Nachteile hin".

Nun stellt sich natürlich die Frage, ob aus einer Gleichberechtigung auch eine Gleichverpflichtung entsteht? Nur, weil ich ein Recht auf die Ausübung einer Sache habe, muss ich es doch nicht wahrnehmen. Oder doch? Ist es eine Pflicht? Und wenn ja: Wer legt und vor allem wie die entsprechenden Quoten fest? Und was ist mit einer eventuell benötigten Qualifikation? Erst die Quote oder doch besser erst die Quali?

Als einer der Gründe, warum weniger Frauen in die Politik gehen, wird oft die schlechte Vereinbarkeit von Familie und Beruf genannt. Aber im Hintergrund sagen viele, dass Frauen auf die weit verbreitete „Vetternwirtschaft" schlicht keine Lust hätten. Doch das soll sich ändern. In einigen Parteien gibt es Bestrebungen, Frauen die Politik in Form der Cousinenwirtschaft schmackhaft zu machen.

Mein guter Kumpel Rainer und ich waren beim gepflegten Samstagsbierchen in der kleinen Dartidylle in unserer Fußgängerzone. Ein Blick aus dem Fenster der Dartkneipe präsentierte uns den Anblick sehr korpulenten, vierschrötigen Frau im grasgrünen Kostüm, die auf alles losging, was annähernd weiblich war.

„Wer ist denn die Dicke da?" fragte mich mein Kumpel mit rein klinischem Interesse an der Wanderdüne.

„Hör bloß auf", stöhnte ich und schüttelte mich. „Das ist ein ganz übler Brocken."

„Frauensumo?" mutmaßte er.

„Noch schlimmer. Unsere Obergrüne!"

„Die ist echt zwei Öltanks", stellte Rainer fest.

„Locker 250 kg grüner Pfeilgiftfrosch", übertrumpfte ich und nostalgierte meine Begegnungen mit der grässlichen Wuchtbrumme.

Helga Litmanovski-Schnarrenpflug war wieder am Touren, quatschte erfolglos alle Frauen in der Fußgängerzone an und nötigte ihnen Prospekte auf.

„Was mag die nur wollen?" murmelte ich.

Unsere Thekenfachfrau Schantalle drückte mir einen Flyer in die Hand.

„Da warste wohl nicht schnell genug weg, wie?" mutmaßte ich und ihr hilfloses Lächeln bestätigte meine Vermutung. Ich las mich ein. Dort hieß es:

Komm ins „Female Force Camp!"

Du bist eine junge und politisch unerfahrene Frau? Du willst es zu etwas bringen? Du hast in der Politik mit Strukturen zu kämpfen, die es Dir erschweren, Deine Ideen zu äußern und umzusetzen? Dann komm zu uns ins Boobcamp!"

„Watt? Titten?" grinste Rainer.

„Und nicht nur das", entfuhr es mir. „Stell Dir mal vor: Die Partei zahlt alles. Unterkunft, Verpflegung, Hygieneartikel, Prosecco und Reisekosten. Zitat: Das sind uns unsere künftigen Führungskräfte wert."

„Völliger Irrsinn" stellte mein Freund fest.

„Also ich habe glatt darüber nachgedacht", kommentierte Schantalle über die Theke. „Eine Woche bezahlten Urlaub im schönen Harz? Ist doch cool!"

„Wie jetzt? Du willst in die Politik?" grinste Klausi, der gerade zu uns gestoßen war.

„Na Klausi? Heute nicht am Kissenger festgewachsen?" feixte Schantalle.

„Ne. Wieder Single. Was soll's", sprach er und wischte sich eine feuchte Stelle aus dem Augenwinkel.

„Lust auf Titten, Klausi?" fragte Rainer grinsend.

„Titten? Joah ey...äh...wie jetzt?"

„Grünes Tittencamp!" informierte ich ihn. „Im Harz".

„Kein Scheiß?" sabberte der Dartnachwuchs.

„Kein Scheiß", meinte Rainer. „Du musst allerdings selber Titten haben."

Klausi stutzte. Dann grübelte er. Und dann:

„Gehen auch Männertitten? So wegen Bier und so?"

Und jetzt grübelten wir plötzlich alle.

„Männers: Das ist unsere Chance auf eine Woche kostenlosen Luxusurlaub in Tittenhausen im Harz!" trötete es von hinten vom Dartclub-Präsi Thomas.

„Du hast doch einen an der Waffel" empörte ich mich.

„Von wegen Waffel, Alda. Das nennt man heutzutage Gleichberechtigung."

„Ich bin keine Tussi!" gab ich bekannt. „Und ich will auch keine werden. Klaro?"

„Nie was von Gender gehört?" feixte Rainer.

„Ich gender Dir gleich was, Du Pussy!"

„Ist doch nur für eine Woche. Vielleicht reichen sogar schon 5 Minuten vortäuschen."

Bei allen hatte plötzlich ein schräger, um nicht zu sagen bizarrer Denkprozess eingesetzt.

„Schantalle! Kommste mal bitte?" meinte ich.

Und schon ging es ans Eingemachte. Schantalle organsierte am GRÜNEN-Stand die nötigen Formulare. An der Theke kam es zu einem hektischen Ausfüll-Ansturm. Und schon war die Sechser-Crew tittenaffiner Dartfreunde oder vielmehr Dartfreundinnen komplett. Nennt mich Betty. Wie in Betty Boob. Oder besser Betty Boss. Schantaalle machte die Sieben voll und retournierte den Papierkram.

Es dauerte keine zwei Wochen und wir alle bekamen grüne Post. Die Telefonkette ergab, dass man uns ohne Ausnahme angenommen hatte. Die Freude war groß und Schantalle coachte uns kurz in Sachen neuer Wunder-Weiblichkeit.

Weitere zwei Wochen später war es dann soweit. Die Laune war gut, der Weg war kurz und schon checkten wir im Hotel Kaiserworth in Goslar ein. Geile Zimmer, tolles Buffet, frische Luft und märchenhafte Ruhe. Dazu eine hauseigene Wellnesslounge mit Schwimmbecken und allem Pi Pa Po. Wir waren im Paradies. Das Abendessen war der Hammer. Das Restaurant „Zum Roten Eichhörnchen" kann ich nur weiterempfehlen und die Bar „Dukatenkeller" war das Cocktailparadies schlechthin. Und alles ging auf die Pappe der GRÜNEN.

„Endlich bin ich mal auf der anderen Seite der Theke" nuschelte die etwas angeschickerte Schantalle und rührte versonnen mit ihrem Papierschirmchen im siebten Sunrise.

„Übertreib es nicht. Morgen kommt die Obergrüne. Da müssen wir fit sein", meinte unser Präsi.

„Recht haste", meinte sie. „Aber einer geht noch!"

Da hatte sie Recht. Einer ging noch. Und noch einer. Und noch einer. Ab dann weiß ich gar nichts mehr.

Nach einer nicht allzu langen Nachtruhe und vielen ASS ging es in den Seminarraum, wo bereits Helga Litmanovski-Schnarrenpflug mit unserer Schantalle (die mit der stahlharten Leber und einer jahrzentelangen Mitsäufererfahrung) ins Gespräch vertieft war.

Als wir in den Raum geschlingert kamen erbleichte die Seminarleiterin. Dann fasste sie sich ans Herz und stöhnte laut.

„Das ist doch ein Witz, oder?" stammelte sie.

„Wieso Witz?"

„Sie sind doch keine Frauen, oder…?"

„Wir fühlen uns aber wie welche", stellte Klausi fest.

„Aber aber aber…?" schnappte sie nach Luft.

„Kein aber. Es ist unser gutes Recht, Frau zu sein!" stellt unser Präsi mit Nachdruck fest. „Frag doch mal die Schantalle. Die kann das bestätigen!"

Nach einigem Hin und Her musste Helga L. klein beigeben. Und dann wurde es für alle bis auf sie doch eine insgesamt schöne Woche. Wir haben viel gelernt. Zum Beispiel werden wir die Fahrt nicht als geldwerten Vorteil versteuern. Wir vergessen das einfach. Das haben bei den GRÜNEN schon ganz andere vergessen. Wir wissen jetzt auch, wie und wo wir preiswerte Doktortitel bekommen. Und wir vermuten, dass Helga ein Alkoholproblem hat. Keinen Abend, an dem sie nicht im Dukatenkeller komatös gesoffen hat. Aber das ist in der Politik wohl so üblich.

Die Woche war schnell herum. Und sie hat uns viel gebracht. Klausi, vielmehr Klaudi, ist jetzt Kassenwartin der GRÜNEN. Eine interessante Entwicklung. Rainhild kümmert sich um den kommunalen Sport. Aber Schantalle hat voll den Vogel abgeschossen und ist die beste Bürgermeisterin, die man nur haben kann. Und Helga L.? Die ist weg. Keine Ahnung wohin.

Statistik

Alleine im Jahr 2019 sind in Deutschland 939.520 Menschen an oder mit Karies gestorben. Das kann so nicht weitergehen, meint der Gesundheitsexperte der Bundesregierung, Dr. Klaus Schmodder im Gespräch mit Klaus Lautenschläger vom „Haus Seelenfrieden".

Lautenschläger: „Herr Doktor Schmodder. Kann Karies zum Tode führen?"

Dr. Schmodder: „Von knapp einer Million Verstorbenen im Jahr 2020 hatten 939.520 Betroffene graue Haare. Diese Zahlen machen jede Diskussion überflüssig."

Lautenschläger: „Ihre Studie hat ergeben, dass diese vielen Menschen an oder mit Karies gestorben sind. Aber ist es nicht ganz natürlich, dass Menschen Karies bekommen?"

Dr. Schmodder: „Ich bin empört! Sind Sie Eugeniker? Karies akzeptieren? Jeder Todesfall ist einer zu viel!"

Lautenschläger: „Was können wir denn dagegen tun, dass so viele Menschen an oder mit Karies sterben?"

Dr. Schmodder: „Wir müssen bundesweit zahnmedizinische Spezialkliniken einrichten und den Deutschen jeden Zahn ziehen. Und wer sich die Zähne nicht ziehen lassen möchte, wird interniert. So lange bis es nur noch 50 Kariesfälle unter 100.000 Menschen gibt."

Lautenschläger: „Und danach können wir unser Leben wieder wie früher führen?"

Dr. Schmodder: „Auf keinen Fall. Danach senken wir den kritischen Inzidenzwert auf 35."

Lautenschläger: „Das klingt vernünftig. Aber was ist mit den Menschen, die noch zu jung sind, um über eigene Zähne zu verfügen?"

Dr. Schmodder: „Auch junge Menschen bekommen Karies. Es ist letztendlich nur eine Frage der Zeit, nicht wahr? Und gerade wenn junge Menschen im Zusammenhang mit Karies sterben, dann ist das ganz besonders tragisch. Und woher wissen Sie eigentlich in Bezug auf ihren eigenen Gesundheitsstatus, dass Sie selbst keine Karies haben?"

Lautenschläger: „Ich habe heute Vormittag gründlich meine Zähne geputzt."

Dr. Schmodder: „Das beweist gar nichts. Lutschen Sie sich mal an diesem Teststäbchen. Dann wissen Sie, ob Sie Karies haben oder nicht."

Lautenschläger: „Das geht mir jetzt aber ein wenig zu weit, Herr Dr....!"

„Na los. Machen Sie den Mund mal weit auf!"

„Lassen Sie d...urrgh...Autsch!"

Dr. Schmodder: „Aha! Das Prüfstäbchen ist blutrot geworden. Der eindeutige Beweis: Sie haben Karies!"

Lautenschläger: „Ist doch Unfug. Ich war vor einen Monat bei meinem Zahnarzt. Der hat nichts entdeckt."

Dr. Schmodder: „Sie haben eben symptomfreie Karies. Sie müssen sich sofort ins zuständige Dental-Quarantäne-Lager begeben. Und Ihr Zahnarzt bekommt umgehend die Zulassung aberkannt."

Lautenschläger: „Jetzt bekomme ich wirklich Angst!"

Dr. Schmodder: „Sehen Sie? Und nun ab ins Lager mit Ihnen. Nichts wie raus mit den Wackelbeißerchen. Zahnlos sind Sie auf einem guten Weg in ein langes, gesundes Leben."

Lautenschläger: „Sie haben mein Leben gerettet."

Dr. Schmodder: „Danken Sie nicht mir. Danken Sie der Politik. Und natürlich der Kanzlerin. Und bitte nicht vergessen: Wer keine Zähne zeigt, lebt länger und beißt nicht so schnell ins Gras."

Der Kinderbuch-Bestseller

Kinderbücher sind etwas Wunderschönes. Sie sind entspannend zu lesen und vermitteln oftmals eine zumindest tendenziell heile Welt. Und auch, wenn es meinen Werken, insbesondere den satirischen, nicht anzumerken ist: Ich mag eine heile Welt. Ich liebe Happy Ends und ich mag es, wenn sich alle mögen.

In cineastischen Werken mit Schurken finde ich es besonders schön, wenn der fiese Obermiese bekehrt wird und alle vor Freude auf den Straßen tanzen.

Bei Kinderbüchern ist der böse Bube insgesamt eher ungefährlich. Der Räuber Hotzenplotz, die spaßigen Diebe bei Pippi Langstrumpf oder die Schmuggler auf Saltkrokan sind allesamt verträglich. Und somit habe ich vor geraumer Zeit beschlossen, mal ein Kinder- oder Jugendbuch zu schreiben.

Romane für die jüngeren Semester haben einen weiteren Vorteil: 150 Seiten reichen völlig. Die Schrift ist etwas größer und dafür sind es weniger Zeilen. Das macht das Schreiben einfacher und schneller zugleich.

Die Idee war da und die Zeit war reif. Und so entstand innerhalb nicht einmal eines Monats ein Buch mit einer norddeutsch ausgelegten Story. Blonde Jungs am Strand und im Wattenmeer, Fischbrötchen, ein Shanty-Chor, Touristen, Finkenwerder Fischerhemden und Ölzeugs, Möwengeschrei und Muschelzeugs, Seegras und eine steife Brise, Fischkutter und viel Schlick.

Alles war wunderhübsch und mit einem eleganten Daumendruck schickte ich das aus meiner Sicht höchst gelungene Büchlein an den Verlag meines Vertrauens. Dann wartete ich…und wartete…und…nichts geschah. Bis mir der Geduldsfaden riss.

Ich schnappte mir mein Telefon und rief an.

„Hildegard Schulze-Kalimba. Was kann ich für sie tun?" ertönte eine Stimme, die bereits im Tonfall zu erkennen gab, nicht belästigt werden zu wollen.

„Boss hier. Was ist los, Frau Schulze? Alle überarbeitet?" flachste ich ins Telefon und erntete eisiges Schweigen.

„Hallo?" versuchte ich es erneut.

„Hallo", frostete meine „Mehr oder weniger-Gesprächspartnerin" zurück und ich war mir sicher, hochgezogene Augenbrauen und ein nachfolgendes Augenverdrehen kassiert zu haben.

„Was macht mein neues Buch, Frau Schulze? Wann kommt es in den Handel?"

„Für Sie immer noch Frau Schulze-Kalimba, Herr Boss. Und Ihr Buch? Nichts, Herr Boss."

„Wie? Nichts? Was genau meinen Sie damit?" fragte ich nach und krampfte meine freie Hand um die Sessellehne.

„Was ist denn daran nicht zu verstehen?" kam als Antwort. „Wir haben Ihr Buch abgelehnt!"

„Bitte? Wieso in aller Welt denn das?"

„Es steht doch in unserem Kleingedruckten, dass wir das nicht begründen müssen."

„Geht's noch?" empörte ich mich. „Was in aller Welt ist denn an einem Kinderbuch so verwerflich, Frau…äh…Karamba?"

„Schulze-Kalimba", korrigierte sie mich. „Und da haben wir es schon. Das Machwerk ist fremdenfeindlich, sie rassistischer Namensverunstalter."

Doppelnamen. Ich hasse Doppelnamen. Und ich habe tatsächlich Vorbehalte gegenüber Menschen, die sich so etwas antun. Ich haute nebenbei in die Tasten, ging auf die Verlagsseite und machte mich auf der Suche nach Frau Dingsbums-Strich-Trallalas Profil. Und schon hatte das Grauen nicht nur eine Stimme, sondern auch ein feistes Miss-Piggy-Gesicht mit Korkenzieher-Kräusellocken in rostrot und private Details wie die Ausbildung zur Deutschlehrerin und dem Zusatz „Gleichstellungsbeauftrage des Unternehmens". Eindeutig: Ich war verloren.

„Kann ich etwas am Buch ändern, dass sie es annehmen? Woran hakt es denn?" fragte ich.

„Vergessen sie es einfach. Das ist nicht zu retten."

„Wieso in aller Welt? Es ist doch nur ein Kinderbuch", protestierte ich.

„Nur ein Kinderbuch? Was glauben sie eigentlich, wie heutzutage Kinderbücher auszusehen haben?"

Ich beschloss, nicht mehr als unbedingt nötig zu sagen, um Frau Oberlehrerin nicht zur Weißglut zu bringen.

„Verraten sie es mit doch einfach!" forderte ich sie auf und versuchte nicht zu explodieren.

„Wieder so ein Ahnungsloser", giftspritzte sie. „Der Junge ist blond. Das geht überhaupt nicht."

„Der muss blond sein. Friesen neigen dazu."

„Keinesfalls alle Friesen, Herr Boss. Yared Dibaba zum Beispiel ist NICHT blond.

Ich bemühte schnell meinen Kumpel Google.

„Stimmt. Der ist nicht blond" gab ich zu. Dann schlug ich zurück. „Aber Friese ist er auch nicht. Der Mann stammt aus Abessinien. Äthiopien. Und das gehört sicherlich nicht zu Friesland. Nicht mal als Kolonie."

„Wollen sie ihm seine friesische Heimat vermiesen?"

"Der Mann ist kein Friese. Der lobpreist eine „Gesellschaft für bedrohte Völker". Dazu gehören eindeutig die Friesen. Aber für die tut er keinen Handschlag. Da hält er sich vornehm zurück, Ihr Neufriese."

„Sie sind wohl ein Rassist, wie?"

„Sicherlich nicht, Frau Lumumba."

„Schulze-Kalimba!" polarkreiste es mir eisig von der Korkenzieher-Löckchen-Medusa entgegen

„Na gut…wie soll ich es ändern?" versuchte ich es erneut, wenn auch frei von Hoffnung.

„Das kann ich ihnen sagen. Der blonde Hellhäutige trifft sich mit zwei Freunden, die natürlich auch blond und friesisch sind. Das geht so nicht."

„DAS war jetzt eindeutig rassistisch" protestierte ich.

„War es nicht!" kam es zurück. „Bätschi!"

Und dann zog sie richtig vom Leder. Und mein Buch? Die Frau von Büchersturm hat es auf den Scheiterhaufen für politisch inkorrekte Werke entsorgt. Daraufhin habe ich den Verlag gewechselt und mir vorher alle Daten geholt, wie heutzutage Kinderbücher auszusehen haben.

Nun ist es fertig. Ich habe die Mädchen und Genderquote berücksichtigt und auch Diverse eingebaut. Die Ernährung hat sich geändert. Krabbenbrötchen sind Geschichte, da Krabben in Marokko gepult werden. Das ist rassistisch. Warum auch immer.

Da die Heringe aussterben, gibt es Soja-Wurst und Tofu-Brötchen. Labskaus ist höchstens dann akzeptabel, wenn es „Halal" oder zumindest „Koscher" ist. Ein Friesennerz aus Ölzeug? Gummistiefel? Ölogisch inkorrekt. Schlimmer noch: Finkenwerder Fischerhemden. Ganz und gar zu schweigen vom Shanty-Chor. Schließlich müssen die schützenswerten Traditionen unserer Gäste bewahrt werden. Da ist kein Platz für „Alte-Weiße-Männer-Nazi-Gedöns.

Schwierig, aber lösbar, war die Frage der Protagonisten und der Rahmenhandlung. Die ursprüngliche traditionell angelegte Friesen-Familie wich einer syrischen Flüchtlingsfamilie. Der Vater, Assad-kritischer

Dissident und Diplomphysiker, eröffnet einen Imbiss-Container am Deich, expandiert und gründet eine Dönerfabrik. Sohn Jussuf-Achmed wird Klassenprimus, Umweltaktivist, verweigert die Schulfreitage, um das Klima zu retten und gründet eine Rap-Gruppe, obwohl ihm sein Engagement bei der GRÜNEN-Jugend kaum Zeit dafür lässt.

Plötzlich wird es dramatisch. Deutsche Nazi-Touristen verweigern sich dem Halal-Döner und verlangen nach Wiener Schnitzel und Bratwurst. Der EDEKA-Markt verschließt sich einer Genderquote, dem Aufhängen der Regenbogenfahne und einer Spende für die Gründung der geplanten Deich-Moschee mit angegliederter Koranschule. Allah sei Dank erfindet Jussuf-Achmeds Vater neben dem Fulltime-Job in der Dönerfabrik einen neuen KfZ-Elektromotor, gewinnt den Innovationspreis, geht in die Politik, wird Bürgermeister und organisiert Steuergelder für das neue Gotteshaus.

Um das ganze Thema für Jugendliche etwas eingängiger zu machen, gibt es auch ein Fantasy-Element. Der jugendliche Held der Geschichte findet am Strand eine Original-Dschinn-Öllampe mit einem divers angelegten kunterbunten Regenbogen-Flaschengeist.

Jussuf Achmed bekommt drei Wünsche gewährt. Der Flaschengeist macht ihn zum erfolgreichen Rap-Sänger, baut ihm eine Villa und liefert zudem 72 Jungfrauen, die als tanzende Groupies dafür sorgen, dass seine Musik die Charts stürmt.

Fazit: Man kann in Deutschland eben alles erreichen, wenn man nur will. Ich habe offiziell mein Geschlecht geändert, bin zum Islam konvertiert und für diverse Buchpreise nominiert worden. Meine Rede für die Preisvergabe ist auch schon fertig und hat folgenden Inhalt: Rettet die Welt. Ich liebe Euch alle. Danke.

Schmutzis

Der weise Mann ist gut beraten, das Weite zu suchen, wenn das Telefon rabimmelt, rabammelt, rabummt. Oder aber er ist höflich, was in vielen Fällen ebenso viel wie dämlich bedeutet.

Ich ging ans Telefon, obwohl die Nummer nichts Gutes verhieß. Verwandte sind Menschen, die man sich im Gegensatz zu Freunden nicht aussuchen kann. In diesem Fall war es eine der diversen, wenn auch nicht diversen, Schwägerinnen.

„Hallooo! Hier ist die Tiiiiinaaa!" erklang es.

Bettina, kurz „Tina" sprach eine Einladung zu einer, wie sie es sagte, gesunden Überraschungsparty aus. Leider weigerte sie sich giggelnd und kichernd, Details bezüglich der Festivität preiszugeben. Somit war es beschlossen: Der Boss würde sich einen zusätzlichen Telefonanschluss mit Geheimnummer nur für sich selbst zulegen und nie wieder solchen Blödsinn verzapfen. Die Familie Boss hingegen würde sich exklusive der Haustiere und des Tochterkinds am folgenden Samstag die Ehre geben, der Besitzerin eines neuen Eigenheims die Aufwartung zu machen.

„Das wäre doch nun wirklich nicht nötig gewesen", maßregelte mich meine Regierung, aka „Perfect Wife", als ich die frohe Kunde überbrachte. „Hättest Du das nicht irgendwie verhindern können?"

„Schulligung", kam es leise über meine Lippen.

„Wie konnte denn das nun wieder passieren? Du bist doch sonst nicht auf den Kopf gefallen?" folgte Attacke Nummer Zwei.

„Ich wollte nur höflich sein", murmelte ich.

„Höflich dööflich", motzte die Angetraute.

„Die hat mich einfach totgesabbelt", merkte ich betreten an. „Ich war chancenlos."

„Perfect Wife" starrte mich durchdringend und keinesfalls gutmeinend an. Jeder Mann kennt ihn, den „Blick" und weiß, dass es gut für den häuslichen Frieden ist, in diesem Fall die Klappe zu halten, besser noch unsichtbar zu sein.

„Gib mir mal das Telefon", befahl die direkte Verwandte der Partylöwin. Dann verschwand sie in der „Villa Perfect" und ward nicht mehr gesehen. Nur leises Gackern ließ sich durch die verschlossene Tür vernehmen. Einige Stunden darauf verließ sie ihr Revier, packte das leergequasselte Telefon auf seine Ladestation und beraumte eine sofortige Konferenz an.

„Da hast Du ja wieder was Schönes angestellt!" wurde ich abgekanzelt und blickte betreten zu Boden. Dann bekam ich ein paar spärliche Informationen. Eigeheimbesichtigung mit anschließender Verkostung leckerer Gesundheitsdrinks standen mir bevor und nein, eine Migräne würde mir da auch nicht heraushelfen. Am Samstag war es dann soweit. Wir machten uns auf den Weg zum neuen Eigenheim von *„Hallo! Hier ist die Tiiiiinaaa!"* und hofften auf ein zeitlich übersichtliches Party-Programm.

Kaum eingetroffen wurden wir von der Fetenkönigin persönlich in Empfang genommen. Tina hatte sich seit dem letzten Familientreff knapp verdoppelt, was nicht so schlimm gewesen wäre, wenn sie es nicht vom vorletzten zu letzten Mal ähnlich gehalten hätte. Doch egal. Viel Feind, viel Ehr.

Sie führte uns stolz durch ihr neues Domizil. Besonders stolz war sie auf das Bücherregal im Eingangsbereich, wo eine Großfamilie Bibeln ihr staubtrockenes frommes Dasein fristeten. Das imposante Zwei-Meter-

Kruzifix, ein Schnäppchen von irgendeinem Polen-Flohmarkt, rundete das Bild ab. Man war religiös und legte großen Wert darauf, es zu demonstrieren.

Wir waren die letzten der illustren Runde. Alle waren da. Schwiegermutter und Schwiegerpaps, Nichten, Cousinen, Schwägerinnen und der neue milchsemmlige Lebensabschnittsgefährte ohne Mitspracherecht der Gastgeberin.

Während ich versuchte, mich unsichtbar zu machen und probierte, mich in den Tiefen eines ausladenden Sessels zu verstecken, überrollte tsunamimäßig die Besichtigungs-Wanderdüne der Sippschaft das Areal. Ich ließ derweil meine Blicke wandern und blieb an Buffet hängen. Ich mag Buffets. Jeder kämpft für sich allein und wenn man fix genug ist, kann man schöne Dinge erbeuten, in sein Lager schleifen und weit weg von der Konkurrenz verputzen.

„Dich habe ich ja ewig nicht mehr gesehen", erklang plötzlich Schwiegermuttis Stimme hinter mir. Habt Ihr eigentlich auch schon einen „Schmuuuuuter"?"

„Äh…einen was, bitte?"

„Na einen Schmuuuuuter". Ich könnte nicht mehr ohne. Warte mal kurz."

Schwiegermutti trabte ab, um wenige Augenblicke später, ein kleines, längliches Paket in der Hand haltend, wieder zurück zu sein.

„Da! Schenke ich Euch!" verkündete sie gut gelaunt. Man kann sagen was man will: Großzügig ist sie schon immer gewesen. Ich inspizierte die Gabe und erkannte, worum es sich dabei handelte: Es war ein Smoothie-Maker, der Hype der Stunde, des Monats und des Jahres. Ich bedankte mich höflich und gelobte, ihn unbedingt und umgehend auszuprobieren. Als kurz darauf „Perfect Wife" von der Ortsbegehung zu-

114

rückgekehrt war, überreichte ich das technische Wunderwerk und freute mich auf einen Kaffee. Doch ich hatte mich umsonst gefreut.

Schwägerin Tina mit den fünf „I's" hantierte am Buffet, Schnarrend-röhrende Maschinengeräusche ertönten. Und dann kam sie zu mir, um mir ein Glas mit einer schmodderigen grünen Pampe in die klamme Hand zu zwingen. Ich inspizierte das seltsame Zeug kritisch. Darin stiegen kleine Blubberbläschen auf und zerplatzten mit leisem „Blobb" an der Oberfläche.

„Was in aller Welt ist das?" frage ich und rang nach Atem. „Liebesgrüße aus dem Teufelsmoor?"

Ich erntete einen vernichtenden Blick der Bibelsammlerin und Giganto-Kruzifix-Eigentümerin.

„Das ist ein Schmutzi, Du Gesundheits-Laie."

„Und was genau macht man damit?"

„Man trinkt ihn!" wurde ich belehrt.

„Und dann?"

„Dann bekommst Du endlich die ganzen Vitamine und Spurenelemente, die Dir offensichtlich fehlen!"

Ich war so begeistert wie ein Schneemann in Sahara-West, versuchte es mir aber nicht anmerken zu lassen.

„Und was ist da so alles drin?" fragte ich.

„Grünkohl."

„Aber wieso Grünkohl?" wollte ich wissen.

„Der ist ja sooo gesund. So voller Vitamine. Und Spurenelemente. Und Ballaststoffe."

„Und was bewirkt so ein „Schmutzi" so alles?"

„Der macht fit. Und Vital. Und gesund. Und schlank!"

Ich verbiss mir jeden Kommentar, was mir nicht leicht fiel. Und dann gönnte ich mir einen kleinen Schluck von der giftgrünen Klärschlamm-Mischung.

„Na? Wie schmeckt's? Ist doch toll, nicht? Und so gesund", ertönte Schwiegermuttis Stimme.

Ich versuchte es mit einem Lächeln. Aber die Mundwinkel wollten einfach nicht mitmachen. Mein Magen begann, brodelnde Klagelaute anzustimmen. Wahrscheinlich wollte er die tiefer liegenden Innereien auf den nahenden Schrecken vorbereiten.

Zu meiner großen Freude verfügte Tinas Domizil über drei Toiletten, von denen ich eine umgehend zu meiner neuen Heimat erklärte. Als ich drei Stunden später wieder zur Party stieß, wurde ich fröhlich begrüßt.

„Siehste mal, wie gut Dir das tut, Junge", meinte Schwiegerpappi, während er sich den zehnten Kaffee und ein Kippchen gönnte. „Du siehst schon viel schlanker aus!"

Ich kommentierte das nicht und machte mich bei den Schmutzi-Freundinnen über die Ingredienzien schlau.

„Eigentlich kann man alles nehmen: Es muss nur natürlich und unverarbeitet sein", erklärte Tina, während sie Bananenschalen, Grapefruit-Pelle, eine gelbe Kiwi und einen Ananas-Strunk pürierte. Der Farbton ging dieses Mal eher in Richtung schimmliger Gouda. Ich trank, litt und galoppierte wieder ins Keramikasyl. Die Zeit verging wie im Fluge. Es waren ausreichend Bibeln als Lektüre auf dem Klo aufgestellt.

Wir verschwanden zeitig. Nach zwei Tagen war ich wieder bei Kräften. „Perfect Wife" war es besser ergangen als mir. Mit der Begründung besonderer Ernährungsumstände dank ihrer Gastritis hatte sie sich von Cola und Chips ernährt und war so dem Schrecken entkommen.

„Hast Du etwas daraus gelernt, Boss?" fragte sie mich. Ich nickte und schwieg sicherheitshalber. Ich habe sogar zwei Dinge gelernt: Nie wieder Tina. Und nie wieder Smoothies. Bis auf zwei Ausnahmen: Chili Con Carne. Und Bier. Denn das geht immer.

Bock auf Bock?

Wer in einer kleinen Stadt wohnt, der sollte nicht allzu viele große Dinge erwarten. Kleiner Bahnhof, kleine Einkaufszentren in einer kleinen Fußgängerzone voller kleiner Leute. Kleines Kino, kleine Leinwände. Kleine Perspektiven. Und natürlich ein kleiner Zoo. Alle Jubeljahre gönnt sich der Boss aus reiner Nostalgie einen Besuch im Zoo und schaut nach, ob im kleinen Idyll, in dem es nach Freiheit, Abenteuer und Tierexkrementen duftet, die Welt noch in Ordnung ist. Der Zoo ist am Stadtrand, klein und entsprechend unspektakulär. Viel Streichelzoo für kleine Besucher mit Meerschweinchen, Kaninchen, niedlichen Zicklein und Schäfchen, die sich mit gewürfeltem, uraltbackenem Brot, das man am Eingang zu Designerpreisen erwerben kann, auf Kugelformat bringen kann. Fette Kleintiere flüchten nicht. Im Gegenteil.
Nicht streichelbar, dafür aber absolut possierlich ist die Stinktierfamilie. Kleiner als erwartet und vollkommen niedlich.
Zwei Kamele, zwei Alpacas und zwei Tiger. Damit ist die Großtierfraktion bestückt, wobei die beiden Großkatzen frustriert hinter Panzerglas hocken. Doch diesmal gab es eine Neuerung. Ein Paar Springböcke hatte sich der Menagerie unfreiwillig hinzugesellt und suchte den Augenkontakt. Und als sich unsere Blicke trafen, da war es beschlossene Sache. Ich begab mich stehenden Fußes zur Kasse und übernahm die leider kostenpflichtige Patenschaft für die beiden eleganten Steppenbewohner.
Nachdem ich um etliche Euronen erleichtert war und die Futterspenden für die nächsten Monate Boss sei Dank finanziert waren winkte ich meinen Schützlin-

gen zum Abschied freundlich zu und war mir sicher, dass sie mir wohlwollend zugezwinkert hatten.

Zwei Tage später klingelte das Telefon.

„Boss", meldete ich mich höflich distanziert, da mir die Nummer nichts sagte.

„Chantal Müller vom Zoo. Wir haben ein Problem!"

„Was denn für ein Problem?" fragte ich.

„Ganz einfach. Ihre Patenkinder sind ausgebüxt!"

„Häh?" lautete meine geistreiche Antwort.

„Sie sind Pate und somit verantwortlich. Organisieren Sie uns zwei entprechende Tiere. Ansonsten bestellen wir, natürlich auf Ihre Kosten, ein paar neue."

„Ich bin nur der Pate", kommentierte ich die Aufforderung. „Was kann ich dafür, wenn Ihre Viecher einen Ausflug machen?"

„Daran sind nur Sie schuld!" giftete es aus dem Hörer.

„Wieso in aller Welt ich?"

„Unser Tierpfleger hat genau gesehen, dass sie den beiden zugezwinkert haben. Wollen Sie das vielleicht abstreiten, Herr Boss?"

„Keinesfalls. Ich bin ein höflicher Mensch. Auch bei Tieren. Und gelegentlich zwinkere ich ihnen eben zu."

„Sehen sie. Erwischt!"

„Wieso in aller Welt haben sie mich erwischt? Und wenn...wobei genau?" wollte ich wissen.

„Ganz einfach. Diese kreuzdämlichen Biester sind äußerst anhänglich. Vor allem, wenn sie eine Verbindung zu Menschen eingehen. Und das kommt nun einmal vor, wenn es zu persönlich wird!"

„Zu persönlich?"

„Nun...bei manchen Tieren bedarf es da schon einigen Aufwands. Füttern, Streicheln, Striegeln. Nur die Antilopen sind so doof, dass da bereits ein Zwinkern reicht. So etwas nennt man auch Prägung."

„Und warum schreiben sie keine Warnhinweise? Oder stellen Schilder auf? Zwinkern verboten?"

„Haben wir doch!"

„Beweisen Sie das. Ich habe nichts gesehen!"

Wenige Sekunden später hatte ich eine Mail vom Zoo im Rechner. Es waren zwei Fotos beigefügt. Das eine zeigte das Gehege mit meinen beiden Schützlingen, die fröhlich in die Kamera schauten und eine Vergrößerung des erklärenden Schildes auf dem da stand:

Springbock

Springböcke sind eine afrikanische Antilopengattung aus der Gruppe der Gazellenartigen. Sie kommen heute ausschließlich im südlichen Afrika vor.

Der Name „Springbock" rührt von den senkrechten Sätzen, mit denen sich diese Antilope in die Höhe schnellt, wenn sie erschreckt wird. Diese Sprünge aus dem Stand können Höhen von 3,5 m erreichen.   .....

......

„Na und?" meuterte ich. „Da steht nichts übers Zwinkern. Kein einziges Wort."

„Wetten?" kam es zurück.

„Wo denn?" protestierte ich.

„Unten rechts auf dem Schild."

„Da ist nichts. Nur ein paar Flecken", stellte ich fest.

„Wetten?"

„Ich wette dagegen", frohlockte ich siegessicher.

„Um eine weitere Patenschaft?" lockte mich Chantal.

„Um zwei Patenschaften! Wenn ich gewinne, dann nehmen Sie ihren blöden Springböcke zurück!"

„Geht nicht mehr. Geprägt. Und nun vergrößern sie mal den Bildbereich unten rechts, Herr Boss!"
Gesagt, getan. Und dann, bei knapp 10.000-facher Vergrößerung, sah ich es:

Warnung!

Springböcke sind sehr anhänglich. Nicht füttern, streicheln, striegeln oder schlimmer noch Zuneigungsbekundungen durch Zwinkern. Zoobesucher haften für ihre Taten.

Gez. Chantal Müller
Stellvertretende Zooleiterin

Ich fluchte. Hätte ich doch nur die Stinktierfamilie adoptiert. Aber dafür war es anscheinend zu spät.
„Sind die Stinkekatzen noch frei?" fragte ich.
„Häh?" antwortete meine Gesprächspartnerin.
„Ich werde Stinktierpate, wenn die noch frei sind. Ich adoptiere die ganze Familie."
Nach einigen Minuten hartnäckigen Feilschens war ich Pate der spaßigen kleinen Müffel-Zebrastreifen. Doch was sollte ich nun wegen der Gazellenartigen unternehmen? Ich war ratlos.
„Lassen Sie sich was einfallen, Herr Boss. Sie schulden uns zwei Antilopen!"
Und da saß ich mit meinem Talent. Doch nicht lange. Aus unserem Vorgarten erklang ein lautes, förmlich aufforderndes Gemecker und Geröhre.

Ein Blick aus dem Fenster zeigte mir zwei Springböcke, die fröhlich die fiese Piekshecke abweideten. Anscheinend verfügten sie über einen hervorragenden Geruchsinn und waren mir dank ihrer olfaktorischen Hochleistungssensoren bis zu meinem Domizil gefolgt. Nur meine Hundis hatten sie vermutlich davon abgehalten, noch näher auf Tuchfühlung zu gehen.

Ich schnappte mir mein Telefon und rief beim Zoo an. Doch Chantal verweigerte die Rücknahme wegen der schon erwähnten Prägung und bestand auf Neuware. Aber zumindest in einer Sache musste ich mir keine Sorgen machen. Meine Springböcke, die ich kurzerhand Zenzi und Sepp getauft hatte, waren so treu und handzahm, dass eine Flucht unwahrscheinlich war.

Am nächsten Tag kam dann wie erwartet ein Brief vom Zoo über satte 3.000 Euro nebst Mehrwertsteuer für die Neubeschaffung zweier Springböcke. Ich erbleichte und fing an, mir ernsthaft Sorgen zu machen, während mir Zenzi und Sepp die Haare vom Kopf fraßen. Zwei Ballen Stroh pro Tag – da kommt einiges zusammen. Allerdings machte es Spaß, mit den beiden durch den Park zu tollen. Auch mit den Hunden haben sie sich schnell angefreundet.

Leider war da noch immer das Problem mit der Zoo-Rechnung. Doch das Schicksal meinte es gut mit mir. Am folgenden Tag las ich in der Zeitung:

Anscheinend ist es zu einem sehr unschönen Vorfall gekommen, als ein neuer Bürger unserer schönen Stadt im Streichelzoo von einem brutalen, rechtsextremen Paarhufer attackiert worden sein soll. Das zudem braune Schaf biss ihn rücksichtslos in eine sehr private Stelle seines Körpers. Das Opfer, Mahbub

Mahbubullah aus Kabul, soll Informanten zufolge stark traumatisiert in die Uni-Klinik eingeliefert worden sein, wo er von den besten Fachärzten der Stadt behandelt wird.

„Wollte doch nur streicheln! Will Liebe! Isse doch Streichelzoo. Habe gezahlt Eintritt. Habe Rechte!" soll der Patient noch stundenlang unter Tränenströmen gestammelt haben.

Aus Therapeutenkreisen erfuhren wir, wenn auch nur hinter vorgehaltener Hand, dass amouröse Beziehungen zwischen den possierlichen Deich- und Wiesenbewohnern in der Heimat unseres Gastes durchaus üblich sind und er daher unter einem gewissen Entzug gelitten haben muss. Wie sehr muss er sich nach persönlicher Zuwendung gesehnt haben? Und wie sehr muss er gelitten haben?

Uns wurde Bildmaterial von einem Viehmarkt aus Afghanistan zur Verfügung gestellt, auf dem ein Händler stolz die Hinterteile seine akkurat getrimmten Schafe präsentiert. Was für Afghanen gut ist, kann für Deutsche nicht schlecht sein. Diese Intoleranz bei diesem wirklich wichtigen Thema kann nicht weiter hingenommen werden.

Die Flüchtlingsverbände zeigen sich erschüttert. Die GRÜNEN haben förmlichen Protest eingelegt. Das braune Nazi-Schaf ist eine Schande für unser neues, buntes Deutschland. Wie soll es unter solchen Bedingungen ein harmonisches Miteinander zwischen Mensch und Tier geben können? Vorfälle dieser Art dürfen künftig nie wieder vorkommen.

Und so stellt sich uns allen die Frage: Wie lange müssen wir uns das noch bieten lassen? Wann wird dieser Schrecken ein Ende haben? Unsere energische Aufforderung an den Zoo, sich über diesen Akt der Will-

122

kür, Intoleranz und Gewalt gegenüber fremdländi-
schen Besuchern zu äußern, ist bisher ignoriert wor-
den. Sollen Migranten jedes Mal Heimaturlaub ma-
chen, um sich zumindest ein wenig wohl fühlen zu dür-
fen?
Bis zur Lösung des Problems helfen nur Toleranz,
förmlicher Protest, die konventionellen Mensch-
Schaf-Beziehungen im stillen Kämmerlein und natür-
lich entspannende, gute Küche. Bitte lesen sie dazu im
Feuilleton: „Die 100 besten Lammhaxenrezepte".

Mir wurde schwarz vor Augen. Diesem Zoo sollte ich
bei der Beschaffung von Tieren behilflich sein? Ich
mobilisierte sofort den Tierschutzverein, der sich den
Toleranzgedanken unserer Lokalzeitung nicht an-
schließen konnte.
Die sofort anberaumte Protestdemonstration vor dem
Eingangsportal des Schaf-Bordells zeigte Wirkung.
Schantalle kam angestürmt und zeigte sich verhand-
lungsbereit. Der Zoo würde auf Gazellen, Antilopen,
Ziegen und Schafe verzichten, um künftig niemanden
mehr in Versuchung zu führen. Eine löbliche Einstellung. Daher habe ich die Patenschaft für die Stinktierfamilie beibehalten. Niemand würde ein Interesse an
amourösen Aktivitäten mit den possierlichen kleinen
Stinkekatzen auch nur im Entferntesten hegen.
Zenzi und Sepp habe ich behalten. Die beiden lieben
mich einfach zu sehr, als das ich es übers Herz bringen könnte, mich von meinem ambulanten Gebirgs-
vieh trennen zu wollen. Ich suche nun aus Zeitgrün-
den einen Gazellensitter zum Gassi gehen. Er sollte
Europäer sein, gut und hoch springen und eine feste
Freundin vorweisen können. Sicher ist eben sicher.

Wolle Gazelle haben!

Die Aktion mit meinen beiden Springböcken ist bei den Tierschützern gut angekommen. Doch auch unser lokales Zeitungsblättchen hing spontan sein Toleranzmäntelchen in den Wind und lobpreiste die Tierrettung durch die Initiative des Hauses Boss.

Doch wo viel Licht ist, da ist auch viel Schatten. Es dauerte nur einen knappen Tag und das Telefon schellte.

„Da haben Sie ja was Schönes angerichtet", meckerte jemand anscheinend weibliches durch das Telefon.

„Äh…mit wem habe ich das Vergnügen?"

„Helga Unruh-Mosambo! Amt für Integration und Bürgerangelegenheiten!"

Ich stöhnte innerlich laut auf. Das hatte mir gerade noch gefehlt. Weiblich, kommunal, Doppelname. Und dann auch noch Mosambo. Ich erinnerte mich an Frau Schulze-Kalimba, die mir unlängst mein Kinderbuch verhagelt hatte. Es drohte erneut die multikulti-Doppelnamens-Gefahr mit zu befürchtendem Gendereinschlag in Regenbogenbunt und einem Schwerpunkt auf Rot und Grün.

„Ich habe hier ein förmliches Protestschreiben von der Flüchtlingsinitiative. Sie haben sich durch die Aktion mit dem Zoo, den Schafen und den anderen Biestern keine Freunde gemacht, sie Integrationsfeind!"

„Bei den Tierschützern schon", konterte ich.

„Wen interessieren schon Tierschützer? Das sind doch alles alte, weiße Menschen!"

„Sie wissen, dass das Rassismus ist?" erwähnte ich.

„Was Rassismus ist und was nicht, dass bestimmen immer noch wir, Sie Tierrechts-Nazi!"

Ich beschloss spontan und, das Gespräch per Knopfdruck rigoros zu beenden.

Es dauerte etwa fünf Minuten, bis es wieder bimmelte. Ich hatte keine Lust und verweigerte das Gespräch. Wäre da nur nicht der AB gewesen.

„Ich bin nicht erreichbar. Ihr wisst, was zu tun ist. Also tut es auch, aber bitte mit Stil!" *Pieeeeep*

„Hallo Herr Boss. Ich weiß, dass sie da sind. Gehen Sie bitte ans Telefon. Ach ja…ich bin es, Ihr Bürgermeister."

Auch das noch. Ich wusste, warum ich mich den Wahlen verweigerte. Staubsaugervertreter verkaufen Staubsauger, Volksvertreter das Volk. Doch dann siegte meine Neugier.

„Boss am Draht. Wo drückt der Schuh?"

„Ich muss mit Ihnen reden, mein Bester. Wir brauchen Ihre Unterstützung!"

„Sie wollen die Unterstützung von einem…wie sagte Ihre Kollegin doch gleich…Tierrechts-Nazi?"

Ich vernahm sein leises Stöhnen und freute mich.

„Die Flüchtlingsinitiative macht uns gerade die Hölle heiß. Und der afghanisch-deutsche Arbeitskreis auch. Ganz zu schweigen von den Afrikanern."

„Und was geht mich das an, Herr Bürgermeister?"

„Tun Sie nicht so unschuldig. Sie haben die beiden Gazellen!"

„Es sind Springböcke. Sogenannte Gazellenartige."

„Von mir auch artige Gazellen. Die afrikanischen Gäste bestehen auf Auslieferung. Die haben aus kulturellen Gründen sogar schon einen Antrag auf Gazellen-Asyl gestellt."

„Das wird mir jetzt zu albern", kommentierte ich.

„Kennen Sie Alfonse Karamba aus Kamerun?"

„Nein. Will ich auch nicht!"

„Der sitzt für die SPD im Landtag und kann mächtig nerven. Nach eigenen Aussagen fühlt er sich diffamiert, weil er vor allem bei Regen und Gewitter eine Kuschelgazelle braucht. Für die Seele und so."

„Dann soll er nach Gazellenhausen gehen. Da kommt er doch auch her, oder nicht?"

„Nun machen Sie doch mal keine Mördergrube aus Ihrem Herzen. Ich mache Ihnen einen Vorschlag."

Und das tat er dann auch. Ich bat mir ein paar Tage Bedenkzeit aus. Dann entschied ich mich. Seitdem bin ich der Gazellenbeauftragte der Stadt.

Die Sache lohnt sich wirklich. Fünfstellig sogar. Im Monat, wohlgemerkt. Dafür stelle ich Prominenten Neubürgern insbesondere bei Regen bei Regen wahlweise Zenzi oder Sepp zur Verfügung. Aber nur zum Streicheln. Mehr ist nicht drin. Schließlich hat man ja seine Ehre.

Und dann bimmelte das Telefon. Mein höchst persönlicher Bürgermeister suchte das Gespräch mit mir und hatte als Gast Herrn Karamba in der Leitung. Das Gespräch war sehr konstruktiv. Anscheinend hatte die Kanzlerin Notiz vom Gazellenphänomen genommen. Das Projekt sollte im ersten Testlauf landesweit, bei Erfolg bundes- und EU-weit Anwendung finden. Wir haben ein wenig geschachert. Karamba wechselt in den Bundestag, der Bürgermeister in den Landtag und ich bin der erste deutsche Staatssekretär für Gazellenfragen. Gemeinsam mit Karamba habe ich die Springbock-Holding gegründet. Wir importieren künftig Gazellen en Gros und en Detail. Die Regierung hat uns unbegrenzte Mittel eingeräumt. Das macht uns zur ersten Gazellen-Großmacht. Die Amis und Russen zittern bereits vor uns. Und morgen die ganze Welt.

Nachwort: Facebook, die Neger und die Gazellen

Ich muss es offen zugeben: Manchmal neige ich zu Schabernack. Und einer der besten Orte für Schabernack, gepflegte Wortspiele, an denen Dummbeutel verzweifeln und schallendes Gelächter über die Blödheit mancher Menschen ist und bleibt Facebook.

Die spaßige Plattform, die sich als „soziales Netzwerk" sieht, hat Dank Bertelsmann-Stiftung, Kahane-Blockwart und Faktenverdrehern mittlerweile einen Herausforderungsgrad erreicht, der jedes strategische Rollenspiel in den Schatten stellt. Das falsche Schlüsselwort zur falschen Zeit am falschen Ort spendiert selbst bei Bibelzitaten mit politisch inkorrekten Inhalten eine Monatssperre für das jeweilige Lästermaul.

Der Wahrheit die Ehre: Trotz aller Garstigkeiten, die der Boss gelegentlich aus seiner Feder tropfen lässt, ist er bisher ungesperrt. Nur seine Artikel neigen dazu, einfach so zu verpuffen, als seien sie niemals da gewesen. Und so geschah es auch bei einem Artikel für das „Haus Seelenfrieden", der als Testballon mehr als nur einmal das böse Wort „Neger" enthielt.

Der Beitrag „Gazellen für die maximal Pigmentierten" wurde von FB natürlich schneller als der Schall als "Hate Speech" gewertet. Das ist eine interessante Einschätzung, die an und für sich selbst als (wenn auch schlecht gemachte) Satire hätte gelten könnte. Merke: „Hate Speech" aus Politik und Medien „gut"…Satire vom Fachmann hingegen „böse". Damit hat es der Beitrag aus dem „Haus Seelenfrieden" geschafft, gleichrangig mit der Unabhängigkeitserklärung der USA gestellt zu werden, die in der Vergangenheit aus vergleichbaren Gründen gesperrt wurde. Und das will schon mal was heißen. Danke dafür.

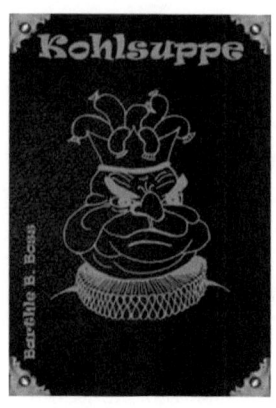

Die Reichshauptstadt Ogersheim wird belagert. Regent, Kanzler und Pfalzrat stehen einer alten Hinterlassenschaft der Ostlande hilflos gegenüber. Der berühmte Zauberer Aegidius und sein Lehrling Bernward ziehen aus, um das Reich zu retten. Doch alles nimmt einen anderen Verlauf als geplant.

Wer steckt hinter der Bedrohung? Welches Spiel treiben die Grafen Gerhard, Oskar und Rudolf? Was führen „die kleine M" und die Ost-Stapo im Schilde? Wie gefährlich können Zauberbücher sein? Was sind die beruflichen Perspektiven für Hexen? Wer wird den Wettstreit um das Kanzleramt gewinnen?

Es gibt nur einen Weg zu den Antworten: Lies das Buch!

„**Ölfritten**" ist nach „**Kohlsuppe**" der zweite Teil der Ogersheim-Trilogie und ein Zauberbuch politisch völlig inkorrekter Fantasy. Der Reichskanzler, vom Volke als Graf Ölkopf geschmäht, befindet sich im harten Kampf mit alten Freunden und neue Feinden. Die Interessen, denen er gerecht werden muss, sind vielfältig und kontrovers. Wieder kommt es zu einer Bedrohung durch ein magisches Relikt aus den Ostlanden, das schon zu Zeiten von „Eric dem Roten" berüchtigt war.

Und dann steht auch noch der Wettkampf um die Ogersheimer Wurstkrone vor der Tür.

Politik trifft auf Wirtschaft, Ostalgie auf Nostalgie, Zauberei auf Technik, Hochfinanz auf ahnungslose Bürger, die aktuellen Berichte der Stiftung Zaubertest verschönen das Leben und inmitten des Chaos versucht die durchtriebene „M", Reichskanzlerin anstelle des Reichskanzlers zu werden. Das Buch ist ein Feuerwerk aus rabenschwarzer Tinte und Unterhaltung pur von Alpha bis Omega.

Lies das Buch!

Goldbroiler ist nach „Kohlsuppe" und „Ölfritten" der finale Band der Ogersheim-Trilogie.

Die allseits unbeliebte Reichskanzlerin der Schmerzen und ihre Vasallen leisten ganze Arbeit. Merkwürdige Dinge passieren im Reich.
Was sind das nur für seltsame Leute in den merkwürdigen Nachthemden, die in Heerscharen das Reich heimsuchen? Wer ist der geheimnisvolle Barde, der kübelweise Hohn und Spott vergießt? Was haben die Hofzauberer der großen "M" geplant? Gibt es tatsächlich Krieg mit dem Zaren von "Borscht"? Es wird turbulent in Ogersheim. Der Rat wird akademisch. Und dann auch noch OSDS – Ogersheim sucht den Supersänger.

Das Buch bietet ein rasantes Finale und die Antwort auf die Frage: Wie rettet man das Reich und wird die „Große M" nebst ihre Vasallen wieder los?

Gallenextrakt

Was haben „Der schwedische Albtraum", „Malta sehen und sterben", „Hasenjagd", „Uschis Krabbelgruppe", „Lego Brutal", „Politisch korrektes Weihnachten" und „Sex'n Drugs'n Rock'n Roll" gemeinsam?
Sie sind ein Teil dieses Buches mit 32 miesen, fiesen, kleinen, feinen und gemeinen Kurzgeschichten und einem Lied aus der spitzen Giftfeder von Barthle B. Boss.

Boshafte Unterhaltung vom Feinsten mit einer ordentlichen Spur Zersetzung und garantiertem Spaßfaktor, eingelegt in bestem Gallenextrakt.

Wer das nicht liest…ist selbst schuld.

„Echte Männer essen keinen Tofu"

...ist das ultimative Buch für richtige Männer und diejenigen, die es noch werden wollen. Es eignet sich
auch als Lektüre für Frauen, die tatsächlich den
Wunsch verspüren, endlich das andere Geschlecht
verstehen zu können.

Nichts wie raus aus dem politisch korrekten Gender-
Wahnsinn und hinein in die Welt männlichen Schaf-
fens, Vergnügens und allgemeiner Heiterkeit.

Es tut gut, ein Mann zu sein.